頬を挟んで顔を近づけ、自分から龍一郎の唇に噛みつき、貪った。
(次郎が観てます。)
げふっ
illustration NORIKAZU AKIRA

龍と竜～啓蟄～

Ryuichirou&Tatsuki~keichitsu~

綺月 陣

JIN KIZUKI presents

KAIOHSHA　ガッシュ文庫

イラスト★亜樹良のりかず

CONTENTS

★本作品の内容はすべてフィクションです。
実在の人物・地名・団体・事件などとは一切関係ありません。

「竜城《たつき》は龍《りゅう》と、別れたいって思ったことある?」

唐突に訊かれて、竜城は目を丸くした。

十六も年の離れた息子のような弟が、そんな話題を実の兄に投げてくるとは。

確かに、いま明日の仕込みを手伝ってくれている颯太《そうた》は園服姿でもないし、学生服も着ていない。学業の合間に竜城の店を手伝ってくれる、兄想いの大学一年生だ。悩みの中身も「好きなんだ、俺を見て!」の一点張りから大きく変化して当然の年齢を迎えている。

来月から春休みに突入するその大学では、この一年足らずの間、毎日のように合コンの誘いを受けたり、サークル活動の強引な勧誘攻めに遭《あ》っていたと聞く。

サークル活動なんて、想像するだけで竜城のほうがわくわくしてしまうのだが、颯太は、それらをすべて断っているらしい。断り続けても声がかかるのは、それだけ颯太が魅力的だからだと、兄としては、つい贔屓目《ひいきめ》で見てしまう。

颯太は楽しい大学生活とは縁遠い、ある意味ストイックな日常を送っている。

得意の美術を生かせる芸大進学を断念して政治経済学部に進んだのも、ひとえに養父である石神龍一郎《いしがみりゅういちろう》の会社経営に関わりたいという強い思いがあったせいだ。

養父のように経験と実力と知識を身につけ、自分の力で生きていきたい。だから遊んでいられないと、ときおり颯太は真顔で自分を戒《いまし》める。

遊ぶことも必要だよと、兄としてアドバイスしたこともある。大学生ならではの楽しみや可能性が目の前に広がっているのだから、もっと謳歌《おうか》すればいいのにと。

だが大人に囲まれて育ったせいか、同年代の友人たちと話していても笑いの沸点《ふってん》にかなりの差があり、一緒に盛り上がることが難しいと零《こぼ》すのだ。無理してつきあっていても、お互い気まずいだけだから、と。

敢《あ》えて指摘はしないが、一見冷めているような颯太の思考は、自分の養父である石神龍一郎……竜城のパートナーであり、さらには颯太の叔父であり恋人の広域暴力団市ノ瀬《いちのせ》組三代目組長、高科次郎《たかしなじろう》の義兄弟という、ややこしい間柄の存在……に対して、言葉に尽くせない恩義と尊敬と憧れの念を抱いているからだと竜城は見ている。

成長するに従い、「恩」の一文字は颯太の中で大きく膨《ふく》らみ、いまや株式会社ガディストンの後継者として腹を括《くく》り、目標に向かって勉学に励む姿は頼もしくもある。

『中学と高校では、自分でも情けなくなるくらい周りに迷惑をかけてしまった。これからは、龍や竜城や繁《シゲ》さんに、ちゃんと恩返しをしたいんだ』――祖父の石神康恒《やすつね》が寝具の周りに愛人五人を並べて大往生《だいおうじょう》した夜、颯太が口にした言葉だった。

そんな颯太が唯一年相応の表情になる話題は、やはり「恋」について語るときだ。ただ、その恋の相手が五十歳の極道では……誰とも話が合わないのは頷ける。

そんな真面目な性格ゆえ、颯太は恋愛に対しても「いい加減」ではいられないのだろう。次郎の「場当たり的」やら「いい加減」やら「自分勝手」やらに映る態度が、日を追うごとに苛立ちとなって積み重なり、我慢の限界まで達しているのに違いなかった。いつまで女遊びを続けるんだ！　五十なんだから少しは落ち着け！　と。竜城もまったく同感だ。

一年と少し前、互いを「恋人」と認めて以来、颯太と次郎はささやかな衝突を繰り返している。その理由のほとんどは、大学生とはいえ、まだまだ人生の経験の浅い颯太と、この世に生を受けて半世紀になる叔父・高科次郎との、価値観の違いにある。

とくに次郎は、年若い恋人を得たあとも生き方を変えようとしないし、自分を曲げない頑固者だ。そして颯太は、次郎のそういう部分もひっくるめて一緒に生きると覚悟しておきながら、やはり「なぜ日常的に複数の女を抱く必要があるのか」という疑問に囚《とら》われ続けているようだった。

ひとりの人間との愛情を貫く姿勢を「誠実さの証」と信じる颯太と、それは「単なる束縛であり締めつけにすぎない」と、まったく取り合わない次郎。埋めたくても埋まらない溝と経験値と年の差を、このふたりは最初から抱えていた。

それでも互いが、互いなしでは生きていけないと本気で考え、紡《つむ》ぎ出した答えが現在なのだから、いくら可愛い弟とはいえ甘やかすような真似はしたくない。とことん悩んで、自力でぶつかって何度でも玉砕《ぎょくさい》して、さらに絆《きずな》を強くしていけばいいと達観している竜城である。

すべては時間が解決してくれるだろう。龍一郎と竜城が、そうであったように。

心の声に耳を傾ける努力を怠《おこた》らなければ、感覚や価値観の相違をも受け容れ、愛し、すべてを乗り越えられる日が、いつか必ずやって来る。

「またケンカしたのか？　ほんと、ふたりとも懲《こ》りないな」

苦笑いを交えて訊いてやったら、颯太が唇を曲げてふて腐れた。軽く扱われたのがしゃくに障ったのだろう。

「で、別れたくなったわけ？　ついに」

「ついに、って……」

そうじゃないけど…と言葉を濁《にご》した颯太が、手元に視線を落として口を噤《つぐ》んだ。そして、水切りをした木綿豆腐《もめんどうふ》のスライスを、ガーゼを敷いたアルミのタッパーに並べてゆく。へらを使って塗《ぬ》っているのは、自家製の塩麹《しおこうじ》と紅麹《べにこうじ》だ。三日後には、サイコロ状にカットしたこれらがランチ・サラダの彩《いろど》りになる。

教えたわけでもないのに、ずいぶん手際がいい。小さいときから、いつも竜城の隣に立って見ていたから、自然に所作が身についたのだろう。

「オニオンピクルス、ずいぶん減ったね。作っとく？」

「うん、頼むよ」

言うと、颯太が冷蔵庫から新タマネギを取り出し、半分にカットして皮を剥《む》き、薄くスライスし、水に晒《さら》してから軽く絞《しぼ》った。流れるような手つきが嬉しい。

ピクルス用のビンに詰《つ》め、自家製の甘酢《あまず》に浸《ひた》してカレー粉を少し足すだけで、「うみのそこ流カレーピクルス」の出来上がりだ。

これをたくさん作ってストックしておけば、人参《にんじん》や大根《だいこん》、茹《ゆ》でた蓮根《れんこん》など、野菜と絡めても美味しい小鉢《こばち》に早変わりする。

「これ、結構好きなんだ」

ふふ、と颯太が笑って言った。

「小学校の給食の時間にね、酢のものが出るたび教室内が騒がしくなってさ。酢が苦手な子、結構多かったんだよ。でも俺は竜城のピクルスで慣れていたから、いつも残さずに食べられた。だから、給食に酢のものが出ると嬉しかったな。みんなより、ちょっとだけ大人になったような気がしてさ」

初めて聞くエピソードだった。颯太の思い出のワンシーンに自分の料理を登場させてもらえるなんて、嬉しさの余り顔の筋肉が弛《ゆる》んでしまう。

「カレーっていうアイデアがいいよね。これなら子供心に、食べてみようって思えるよ」

「そう言ってもらえると嬉しいよ。工夫した甲斐《かい》がある」

作ったそれを颯太が冷蔵庫へ収めたのを見届けて、竜城はパンッと腰を叩いた。

「よし。とりあえず今日のところはこれで終わりだ。さ、帰ろう」

エプロンを外して颯太を見れば、横顔に、まだ「苦悩」の御札が貼りついている。

ため息と苦笑いを同時に漏らして、竜城は自分と瓜二つの顔を見上げた。…確かに顔は似ているけれど、背は三センチほど抜かれてしまった。兄としては嬉しいが、男としてはちょっと悔しい。

「呑《の》む？」

まだ十九才という心の声は聞かなかったことにして、ティー・リキュールの小瓶《こびん》を軽く振ってやった。


「別れるとか別れないとか、全然そんなんじゃないんだけど…」

ティー・オーレのホット・グラスを手にした颯太が、カウンターの向こうへ回ってスツールに腰を下ろした。同時に漏れたのは、ため息と愚痴《ぐち》だ。

Caféうみのそこはアルコールメニューを用意していないが、閉店後の楽しみに、じつはいろいろ隠してあるのだ。もちろん、龍一郎の好きなバーボンも置いてある。海外の不動産を買い漁《あさ》っては、カジノやホテルの建設を繰り返している多忙な龍一郎が、ここでゆっくり酒をたしなむことは、そう幾度もないけれど。

竜城に似たのだろうか、アルコールを口にしても颯太の顔色に変化はない。

「次郎って、どうしてあんなふうなんだろう」

「あんなふうって？」

カウンターの内側に立ったまま、ホットウイスキーで喉《のど》を温めつつ訊き返すと、颯太が頬杖をついて竜城を見上げた。

「お爺《じい》ちゃんが亡くなってから…なんだけど、週に五日は朝帰りだし、明け方に戻ってきても必ず香水の匂いをつけて帰ってくるんだ。匂いだけじゃなくて、口紅とかも」

「女性関係の…ってわけじゃないけど、事業の引き継ぎやらなにやら、忙しいんだろうね。悩むだけ時間の無駄だよ」

わざと突き放すと、不満顔で睨《にら》みつけられた。

「ミルクじゃなくて、ソーダで割ってよ」

「ミルクのほうが、よく眠れるのに」

「あのさぁ、竜城。そろそろ子供扱いヤメてくんない？」

「子供にアルコールは勧めないよ」

「だったらソーダ」

はいはいと肩を竦《すく》め、トールグラスを氷で満たした。ティー・リキュールをソーダで割り、カットしたネーブルとミントの葉をアクセントに添えてやった。

せっかく彩りよく仕上げてやったのに、颯太はカクテルを味わうより先に、さっさとミントの葉とネーブルを齧《かじ》ってしまった。爽快《そうかい》な香りが、カウンターの内側にまで立ちこめる。

「やっと香水の匂いが消えた」

聞き取れないほどの小声で颯太が言った。女の残《のこ》り香《が》が、鼻の奥にこびりついていたのだろうか。だとしたら、我が弟ながら不憫《ふびん》だ。

可哀想だとは思うが、颯太が自分で茨《いばら》の道を選択したのだ。だから、愚痴は聞いても同情はしない。

「明日は晴れるかな」

すっかり暗くなった外へ視線を投じて、竜城はぽつりと呟いた。

今日は昼前から春一番が吹いて、外は嵐のようだった。予約客は軒並みキャンセル。電車が止まる恐れがあったから、ホールのバイトとスタッフの拓也《たくや》は五時過ぎに帰宅させた。

シェフの長谷部《はせべ》は本日休暇だ。群馬県まで春スキーに出かけているはずだが、悪天候の影響を受けているかもしれない。無事だといいのだが。

咲子《さきこ》は、五時半には二階へあがらせた。来月出産予定のベビーのローブでも編んでいるのだろう。厨房に入らなくていいからと、いくら竜城が止めても「動いているほうが体調いいんだもん」と言ってきかないのだから困ったプレ・ママだ。

こんなのんびりした夜も、たまにはいい。兄弟水入らずで、ゆっくり話をする時間が持てるのは、ある意味とても贅沢《ぜいたく》だ。

「やくざの商談に酒と女がセットでついてくるのはわかってるし、女断ち出来ないのはお爺ちゃんの血だから仕方ないとも思うんだ。でも、だからって、どうして毎回そういう行為が必要なんだろう。したくてしてるわけじゃないって次郎は言うけど、だったら断れよって思わない？　そういう交渉は必要ないとか、好きじゃないとか、組の長なんだから、いくらでも言い方はあるよね？　言ってしまえば、女を絡めなくても務めは果たせるはずなんだ。だって、実際に龍はそう出来た。でも次郎は、面倒くさいって言い訳するんだ。断るのが面倒だ、って。俺のやり方に口を出すなって、今朝ついに怒鳴られたよ」

聞いているうちに、竜城は笑ってしまいそうになった。だが、絶対に笑うわけにはいかない。颯太は百パーセント真面目なのだから。

それにしても、まさしく次郎だ。次郎ならではの返答だ。らしすぎて怒る気にもなれない。だが、もし次郎が自分の恋人だったらと仮定すれば、颯太が頭に来るのもわかる。

「どう考えても矛盾《むじゅん》してるよ。面倒だったら断ればいいのに、断らずに『仕事』をひとつ増やして朝帰り。少しは俺とゆっくりできない？　って訊いても『仕事が忙しい』って、それは理由として成立しないよ。そんないい加減な説明じゃ納得できないから、ちゃんと説明してくれって言ってるのに、俺に言い訳するのは面倒でも、女の前でパンツ脱ぐのは面倒じゃないんだ、あのオヤジは。どういう神経してるんだ、あのクソオヤジ！」

その言い草が可笑しくて、竜城はついにプーッと噴き出してしまった。

慌てて口を押さえたが、颯太は目尻を吊り上げている。ごめんごめんと苦笑してリキュールとソーダを足してやり、それでも一応は人生の先輩として、アドバイスらしきことを口にしてみた。次郎を語るのに、一般的なアドバイスが役立つとは思えないけれど。

「次郎さんにとってはメールより通話が楽、通話よりは直談判がさらに楽。直談判より肉体交渉。男相手なら暴力で、女性が相手なら……そういうことになるんだよ、たぶんね。やくざだからじゃなく、良くも悪くも昔から身についている習慣を変えるのが難しいだけじゃないかな」

「それはわかるけど……でも、努力もせずに変えられないなんて言うのは、ずるいよ」

「悪いことをしている意識が本人にないのなら、変わるのも変えるのも難しいだろうね。おそらく彼にとっては、ルーティン・ワークのひとつなんだと思うよ」

ホットウイスキーは一杯だけのお楽しみ。続きはライム水で唇を潤《うるお》して、悩みとか迷いとか、どこか懐かしい響きを持つ感情に酔わせてもらった。

自分も十年ほど前、颯太と同じように迷い、悩んだ。あの時期を乗り越えたからこそ、いまの平穏が愛しいのだ。

だから颯太も、たくさん迷って悩めばいい。将来きっと楽しい笑い話になる。

「颯太の年齢より長い間、彼はそれを常識として生きてきたんだ。モバイル機器と同じで、進化についていけないわけじゃなく、更新に時間を要する世代なんだと、長い目で見てあげたらどうかな」

「次郎はパソコンじゃなく、いまだにワープロだよ。還暦《かんれき》を迎えても、セットアップは完了しないね」

もう立っていられなくて、竜城は腹を抱えてシンク台の上に伏せてしまった。意図して笑わせようとしているとしか思えないほど、颯太のコメントはいちいちユニークだ。それでも颯太は至って真剣なのだから、笑ってしまって本当に申し訳ないと思う。

必死で笑いを抑え込み、シンクに両手を突っ張らせて身を起こすと、颯太の冷たい視線に直面して冷や汗が出た。

「笑って許せるようなことじゃないんだよ、俺にとっては」

弟に咎《とが》められて、今度ばかりは「ごめん」と真顔で謝った。横目で竜城を睨んだ颯太が、竜城は、そういう経験ないのかもしれないけど、と一言嫌味を付け加える。

「わずかでもいい。申し訳ないとか済まないとか、ごく普通の人間の感情が伝わってくれば、俺だって『仕事だから仕方ないよね』って受け容れられると思うんだ。実際そうやって迎えてやりたい気持ちはあるんだから。なのにここまで腹が立つのは、次郎が自分のやっていることを完全に正当化して、開き直るからなんだよ。竜城なら、どう？　龍が他の女を抱いても悪びれず、口出しするなって逆ギレしたら。それでも笑顔で、いってらっしゃいって送り出せる？」

射るような目に、ちょっと怯んだ。颯太の眼力は相当なものだ。颯太に真正面から問い詰められたら、逃げ道はない。適当な言葉で言い逃れしたくなる次郎の気持ちも、理解できるような気がしてしまった。

ライム水を飲み干して、竜城は両手を腰に当て、首を回してコリをほぐした。立ち仕事は疲れるなどと弱音を吐く気はさらさらないが、美しく頼もしい青年に成長した颯太を前にすると、いやでも歳を思い知らされる。

外見はそっくりなのに、見える景色や感じ方、捉え方にも大きな差がある。

自分も若いころは颯太のように曲がったことが大嫌いで、龍一郎に反発したことも一度や二度ではない。当時は妥協を「逃げ」や「敗北」と同一線上に並べていたし、やくざにありがちな裏取引を「卑怯な商法」だと嫌っていた。

いま目の前にいる颯太の目は、あのころの竜城以上に真っ直ぐだ。次郎の類《たぐ》い希《まれ》な強精は、往生前夜まで寝室に愛人を侍らせていた石神康恒の血だとすれば、颯太の生真面目さは竜城の血かもしれない。

「龍が他の誰かを抱いていたら、いい気持ちはしないだろうね」

「だろうねって、その程度？」

笑いたいけど、笑わない。これは真剣な質問だ。それでもやっぱり微笑ましい。

「いまの颯太に理解してもらえるかどうかわからないけど、俺と龍一郎は、そういう次元じゃないんだよ、もう」

穏やかに、だが目に力を込めて微笑むと、今度は颯太が少し怯んだ。

「だって……でも、愛してるんだろ？　龍のこと。違うの？」

龍一郎は、次郎とは違う。たとえ女を抱いていたとしても、竜城の耳や目に決して入らないよう、最善の努力と配慮をしてくれるだろう。

相手が颯太じゃなかったら、間違いなく突き放しているところだ。惚れた相手が悪かったのだ。諦めろ、と。

「愛してなければ、逃げてたよ」

そんなことまで話すつもりはなかったのに、勝手に口から零れてしまった。え？　と颯太が頬杖を外して竜城の顔を凝視する。

「逃げ切れなければ龍を殺すか、もしくは自分が死ぬしかない」

やくざみたいな口ぶりだと、竜城は自嘲した。こんなセリフが、簡単に口から零れ出るとは。

「竜城…？」

心配そうに覗き込まれて、竜城は笑って肩を竦めた。

「例えばの話だよ。なんせ相手は暴力団だからね。市ノ瀬組の頭脳である石神龍一郎に目をつけられたら、隠れる場所なんてなかった。逃げたければ、彼を殺すしかない。もしくは死ぬ。龍一郎と別れたければ、選択肢は、そのどちらかしかなかったんだ」

「……実際に考えたこと、あるの？」

その質問には、黙って微笑むに留めておいた。

颯太にとって、兄の想いは他人事ではないのだろう。弟だからという理由とは別に、颯太自身も市ノ瀬組の組長と愛し合っている「当事者」なのだ。いつ何時《なんどき》、竜城のように「命の覚悟」を突きつけられるか知れない立場にいるわけだ。

「いまも、逃げられるなら逃げたい？」

神妙な面持ちで訊かれて、竜城はフフ、と笑みを漏らした。

「まさか。逃げないよ。逃げたら店を潰される」

いきなり颯太がカウンターに両手を突いて腰を上げた。

「真面目に答えてよ、竜城。もし龍が市ノ瀬と無縁の人間だったら？　そしたら竜城はどうしたい？　竜城の本音を知りたいんだ。いままでだって、俺のためにたくさんのことを我慢して諦めてきただろ？　だから…もし、いま現在もそうだとしたら、俺…」

グラスの氷が、カラン…と涼やかな音を立てた。颯太がハッとした顔で視線を落とし、まるで自分自身に言い聞かせるかのように声を絞り出した。

「もう竜城に……我慢してほしくないんだ。好きなことをして、楽しいことだけを考えて、自分のために生きてほしい。だって竜城、いままで俺を最優先にしてきただろ？　だから、これからはそうじゃなくて、竜城自身がどうしたいのかを一番に考えてほしいんだ。俺のせいで竜城が我慢し続けるなんて、それだけは絶対いやなんだ…っ」

颯太の一生懸命さが嬉しかった。こんな弟を持って誇らしいとも思った。

思えば颯太は昔から、兄想いの子だった。物心ついたときから大人の顔色を覗《うかが》って、気を遣って、言いたいことは全部呑み込んできた子供だった。その反動で、思春期には多少手を焼いたが、過ぎてみれば毎日ハラハラしていたあのころが少しだけ懐かしい。

もっともっと心配をかけてくれてもよかったのに…と、少々物足りなかったほどだ。

「我慢してきたのは俺じゃなくて、お前だろ？　颯太」

「え…？」

「お前は物心ついたときには、自我を消すことを覚えていた。友達にぶらんこの順番を譲る以前に、ぶらんこに触れない子供だった。誰かが使うかもしれないものに対しては、最初からそれに関心がないかのように振るまう子供だったよ。……俺はね、颯太。自分のことより、そんなお前を見ていることがつらかった。そのころの俺の夢は、颯太からわがままを言ってもらえる大人になることだったんだよ？　俺の夢だったんだ。だから我慢なんて一度もしたことはない。安心しろ」

「竜城…」

ここで「逃げたい」と言えば、颯太は喜んで協力してくれるだろう。もう自分で決断できる年齢だ。別の言い方をすれば、いまの颯太は、竜城なしでも生きていける。

「本当に、逃げたくない？」

「逃げないよ。俺の生きる場所は、ここだ」

言い切ると、颯太が不安と安心をまぜこぜにした表情で、ゆっくりと腰を戻した。

「ほんとに？　信じていいんだね？」

竜城は幼子を抱きしめるような声で、優しく言い聞かせた。

「信じていいよ。なぜなら龍一郎のいない人生は、もう俺には有り得ないんだ」

息を呑む颯太に眼を細め、なおも続けた。

「石神龍一郎という人間を愛したからこそ、俺は明確な夢を持てた。その日暮らしの人生じゃなくて、地に足のついた未来を想像できるようになった。……この店は、俺だけの場所じゃない。龍一郎にとっても、空港のような場所なんだよ」

「空港？」

「俺と龍一郎にとって、ここが発着地点なんだ。滑走路《かっそうろ》であり誘導灯であり……俺は必ずここにいるから、龍は安心して飛び回れる。必ず龍がここへ帰ってくるから、俺も自分の仕事に打ち込める。……まぁ、あれこれ余計なことを考えずに済むっていう気持ちの捌《は》け口にもなってるけどね」

そういう場所も必要だろ？　と同意を促すと、確かに、と颯太が苦笑で納得した。

「龍が世界中の誰とキスしようがセックスしようが関係ないとまでは言わないけど、俺にとっては、それは内面的なものではなく、物事を円滑に進めるための手段という解釈だから、心を乱されるレベルじゃないんだ。確かに昔は、なにか起きるたび、龍に感情をぶつけてきたよ。やくざなんて！　って。でも、いまはもう揺らぐことはない。なぜなら、龍一郎という土壌に根を下ろしたからだ。もう自分の力では引っこ抜けないほど深くまでね。……これで納得？」

無言でうしろに上体を反らし、颯太が長い息を吐いた。そしてカウンターに両肘をつくと、両の手で顔を覆い隠し、もう一度深いため息をついた。

「俺、竜城を見てて、ときどき本気で感動する」

言われて竜城は腕を伸ばし、颯太の頭を荒っぽく撫で回してやった。

兄に乱された髪を手櫛《てぐし》で直しながら、颯太がスツールから腰を上げた。外から丸見えだったねと苦笑いを落とし、窓のブラインドを下ろしてくれた。

「でも…さ。それって要するに、別れたいと思ったことある……ってことだよね？」

振り向きざまに訊かれて、竜城は颯太の目を見つめた。

龍一郎の浮気云々でトラブルになったことは一度もない。龍一郎は竜城と一緒になってから、見事に一度も女の影を匂わせなかった。

だが、もう限界だと思ったことならある。

あんたと関わるのはウンザリだと、激情を叩きつけたことが一度だけ。

「……――あるよ」

答えると、颯太が息を呑んだ。話すのは気が進まない。なぜなら、あれはどう考えても竜城の暴走だったから。

「やっぱり龍の浮気が原因？」

頷けば、ここで話は終わるだろう。だが竜城は、敢えて颯太の配慮を辞退した。

「その逆。俺が浮気したんだ」

颯太にとっては衝撃の告白だったのだろう。これ以上ないほど目を見開かれてしまった。

笑うべきか、悔やむべきか。だが、一度口にしたことは引き出しの中に戻せない。

開き直って竜城は訊いた。

「なに？　そんなに驚いた？」

「お…、驚いたもなにも……」

残っていたソーダを一気に飲み干した颯太が、ゲホゲホと噎《む》せた。

「だ…、だって竜城って、絶対そういうことしそうにないから…っ」

そうだと思う。だから龍一郎もキレたのだ。しそうにない竜城が謀反《むほん》を起こしたから。

「あのときは、龍の怒りもハンパじゃなかった。次郎さんと繁さんが止めてくれなかったら、おそらく俺の体には風穴が無数に空いてただろうね」

思い出して笑ってしまった。反して颯太の顔は真っ青だ。

「今後の参考までに、聞く？」

冗談めかして促すと、一度は顎を引きかけた颯太が、しっかりと首を縦に振った。

◆◆◆

自分のカフェを持ちたいんだ――――。

龍一郎と次郎と、市ノ瀬組二代目組長の石神康恒らと一緒に、颯太の十歳の誕生日を祝った夜。竜城は龍一郎に打ち明けた。

竜城の店でしか味わえない、ここにしかないものを創り出したい。大人も子供も、誰もが安心して口に出来るような、気づけば笑顔になっているような、優しくて温かい、落ち着いて食事や会話を楽しめる「第二のマイホーム」のような場所を作りたい……と。

龍一郎は、わかってくれた。笑って竜城のわがままを赦《ゆる》し、なおかつ力強く背中を押してくれたのだ。

もっと揉めると思っていたし、最悪の場合は腕の一本でも差し出さなければならないだろうと覚悟していたが、龍一郎は怒るどころか、自立したいと言う竜城にエールを送ってくれたのだ。

「思う存分やってみろ。なにがあろうと、俺だけはお前の味方だ」と。

こんなにも懐《ふところ》の深い男は、見たことがない。


「入学式って、颯太じゃなくて、お前のか？」

新聞を顔の前から下ろし、龍一郎が片方の眉を跳《は》ね上げた。

カフェ・ラテのお代わりをマグカップに注いでやりながら、竜城はダイニングテーブルの端のパンフレットの山を指した。

「もちろん。だって、颯太は五年生になったばかりだよ？　中学までには、まだ二年もある。ってことは四月から、この家には学生がふたりってことに……なるわけだ」

いまさら気づいて目を丸くしたら、龍一郎が楽しげに笑った。

「二十六歳の新入生か。それはそれで新鮮だな。で、どれくらい通うんだ？」

「昼間部の本科だから、一年だよ。一年で調理師免許を取得できるクラスなんだ。授業は朝九時から夕方四時半まで。だから日常生活に支障はナシ。唯一の変更点は、収入の減少かな。でも新たなバイトを探すつもりだし、蓄えもあるから当分は問題ないよ。あ、バイトは、どこかのカフェの厨房にしようと思ってる。修行を兼ねてね」

　店なら紹介してやるぞと龍一郎に言われて、竜城は思わず顔をしかめた。

「龍の紹介って、都心のバーやスナックじゃないか」

「いやなのか？　だったら颯太のバースディを開いた料亭はどうだ」

「そうじゃなくて、龍が紹介してくれる店も、学校が紹介してくれる大手のホテルやレストランも、どっちも俺のイメージとは隔《へだ》たりがありすぎるんだ。基礎は学校で勉強して、カフェ経営は実際にカフェでバイトしながら学びたい。それが限られた時間内で出来るベストな選択だと思ってる」

　真面目に話しているのに、途中から龍一郎の肩が揺れ出した。ついには新聞を畳み、クックックと声をたてて笑う始末だ。

「俺、なにか可笑しいこと言った？」

　眉を寄せると、そうじゃねーよと笑われた。

「たいしたもんだと思ってよ。お前はホントにしっかりしてやがる」

　竜城の百倍もしっかり生きている男に言われても、あまり褒められた気がしない。

カフェ・ラテを数口味わって、龍一郎が優しい眼差しをくれた。

「そこまでイメージが固まっているなら、突っ込みどころはひとつもねぇよ。ただし」

「ただし？」

「バイトは禁止だ」

「え…っ」

それは困ると身を乗り出したら、先回りで畳みかけられた。

「学費は全額俺が持つ。たかが数百万だ。遠慮するような額じゃない。それに、これからは半日以上お前を学校に奪われるんだぜ？　これ以上、お前との貴重な時間を奪《と》られちゃたまらねぇ。よってバイトは禁止だ。たまには俺の我が侭をきいてくれよ、竜城」

「龍…」

竜城の手に、龍一郎の手が重なった。

竜城は龍一郎の手の甲を見つめた。骨張っていて強靭《きょうじん》だ。ごつい指輪がふたつも填《は》められていて、いかにも極道然としている。どちらかと言うと細い竜城の指など、易々と折ってしまいそうだ。

だけど竜城は知っている。この手がどれほど温かく、どんなに優しいかを。

龍一郎の手の下で、竜城は自分の手を仰向けに返した。ふたりの指が交差したとき、どちらからともなく握り返していた。

その手を持ち上げた龍一郎が、竜城の手の甲に唇をそっと押しつけて言う。

「竜城。お前の夢やら目標やらは、もうお前だけのものじゃねぇ。お前の夢は俺たちの未来だ。だから金の心配などせず、学業だけに専念しろ。お前は人に甘えるのが誰よりもヘタクソだが、俺にだけは、二十四時間甘えっぱなしでいてくれ。お前の夢を支えさせてくれ。応援させてくれ。いいだろ？」

でも…と体を引くと、引いた分だけ上体を寄せられてしまった。

「お前と出会って以来、俺はひとりでいるときも、いつもお前を感じている。お前にも、そうであってもらいたい。俺と歩いていることを忘れずにいてくれ。学内ではお前の側にいてやれない。だからこそだ。どんな手を使ってでも、お前と深く関わっていたいんだ、竜城。……こんな男は鬱陶《うっとう》しいか？」

「……それが龍の愛情表現だって、わかってるよ」

だから鬱陶しくなんかないよと微笑むと、龍一郎が満足そうに頷いた。

「甘えてくれるな、俺に」

「今回だけ甘えるよ、龍に」

ありがとうと伝えると、有無をいわせず引き寄せられた。

「この時間が、一日で一番の楽しみだ」

「この時間って?」

「颯太が元気に登校したあと、存分にお前を味わう時間だよ」

腰に手が回され、デニムのボタンが外される。ファスナーを下げられたと気づいたときにはもう、履いていたはずのデニムは下着と一緒に床へ落とされていた。

それを脚で蹴ってしまった龍一郎が、竜城の太腿《ふともも》を撫でながら嬉しそうに命じる。

「跨《また》がれ、竜城」

「……っ」

龍一郎は意地悪だ。跨がれと命じたその場所は、龍一郎の両腿の上なのだから。

迷ったあげく片方の腿に座ろうとしたら、腿をパシッとを叩かれてしまった。

「男なら潔く、脚を開いて跨がりやがれ」

「龍……頼むから」

「おお。なんだ」

そんなに声を弾ませて、嬉しそうに訊き返されても困る。戸惑いながら龍一郎の腿を跨ぎ、恥じ入りながら腰を降ろして、竜城は情状酌量《じょうじょうしゃくりょう》を訴えた。

「龍と違って、俺には普通に羞恥心《しゅうちしん》があるってことを、頼むから忘れな……、んあッ!」

反射的に龍一郎の首にしがみついてしまったのは、龍一郎が突然脚を大きく広げたからだ。

「リュ…龍！　ちょっと待……ぁアッ！」

体が浮いてしまった竜城は、とっさに龍一郎の首に両腕を巻きつけて転倒を免れた。だけどそのとき、すでに竜城は足を強引に開かされ、恥ずかしい場所を宙に浮かせた格好のまま、両手で前後を玩《もてあそ》ばれていたのだった。

「あ、あ……っ！」

龍一郎の中指が、早くも竜城を拓《ひら》いている！　指全体を使って練るように掻《か》き回され、自然に前まで勃《た》ち上がっていた。

「ん…っ、んっんっ……んっ！」

開脚するしかない体勢を強要されたまま延々と指でほぐされ、竜城は唇を噛みしめて耐え続けた。だが、心の準備がまるで出来ていない状態で性急に弄られては、反動と衝撃が大きすぎる。一体どこを嬲《なぶ》られているのか正確に把握できないほど、股間全体が性感帯と化してしまっていた。

膝から降りて逃げたくても、腰に回された右手の指は、竜城の中心を捉えている。そのうえ前は左手によって、大きく形を変えられている。もはや脚に力が入らない状態なのだ。

「気持ちいいだろ。え？　竜城」

　ゾクッと電流が走ったような刺激を胸に感じて、竜城はギョッと目を剥いた。いつの間にシャツのボタンを外されていたのだろう。手が三本も四本もあるとしか思えない早業だ。乳首を吸われた衝撃が、コンマ一秒の速さで下へ伝わる。仰け反ってしまった胸に顔を伏せられ、ちゅくちゅくと音を立てて吸いつかれるたび、いま龍一郎の右手に握られている恥ずかしい場所に、熱いものが溜まっていく。

「リュ…、は…早、すぎ…るっ」

「俺じゃなくて、お前がな」

　クックックと肩を揺らして笑われても、竜城に笑う余裕はない。朝から一気に三点を責められて、竜城の体は戸惑うばかりだ。腿の内側がビリビリと、甘く熱く痺《しび》れ始める。どうにもできないまま龍一郎に救いを求めたら、さらに強烈な衝撃に、有無を言わせず撃破された。

「ア……――――――――――ッ‼」

　挿れられた直後、噴き上げてしまった恥ずかしさは、他に例えようがない。

「リュ………、リュ、ウ…っ」

　龍一郎のシャツを汚してしまった。一度突き上げられただけでイッてしまった。諸々のショックが重なって、責める言葉すら出てこない。身も心も呆然としてしまって、竜城は何度も空を食んだ。

正気を取り戻したときにはもう、体は上下に大きく揺さぶられていた。

「アッ、ぁ、あっ、あっ、あっ、んっ」

弾みをつけて打たれるたび、声が飛び出る。今日に始まったことじゃない。いつものことだ。南向きの窓から燦々《さんさん》と降り注ぐ朝日を浴びて、しょっちゅう竜城は恥ずかしい姿にされているのだ。泣きたくないのに涙が出る。全部、龍一郎のせいだ。

「龍…リュウ、リュ…ウ…っ」

「可愛い声で啼くんじゃねぇよ。火に油を注ぐようなもんだぜ？」

それでもいいのか？　と意地悪く訊かれて、無意識に頷いている自分が信じられない。

「虐《いじ》めていいのか？　え？　竜城。言えよ、正直に」

応えることも恥ずかしくて、うしろめたくて、竜城は顔を伏せ、目を閉じた。

セックスに対して麻痺しているという自覚はある。朝も夜も関係なく、寝室もリビングもダイニングも玄関も……運転手つきの車内でも、お構いなしに抱かれているのだ。でも、慣れないことには神経が保たない。この男と生きていくには、慣れるしかないのだ。

繋がったまま、床に下ろされた。竜城は愛する男に自分の手足を巻きつけて、さらなる性欲を受け容れた。

「背中、痛くねぇか？　竜城」

優しく訊かれて、大丈夫と微笑み返した。それでも龍一郎は竜城の尻の下に手を添えてくれ、痛くないように持ち上げて、深々と挿入し直してくれるのだ。わざと前にもタッチしながら。

「あ……ん」

「お前の中は最高だ」

打ちつけられて、仰け反った。露《あら》わになった胸を舌先で愛されながら、竜城は再び噴き上げた。全身が甘く痺れている。麻酔をかけられているような気分だ。

颯太はいまごろ、今年度最初の授業だろうか。

忘れ物をして、突然戻ってきたりしないだろうか。

どうしようもなくかきたてられる性欲が、うしろめたい。そのせいか、決して起きてほしくない想像が脳裏を掠めるのだ。こんな場面を、もしも誰かに目撃されたら…などと。

もし誰かに見られたら、恥ずかしくて舌を噛みきってしまうだろう。

だから、誰も来ないでほしい。誰も邪魔をしないでほしい。

「乳首……腫《は》れてるな」

「リュウが……弄るから…っ」

「痛くねぇか？」

訊きながら抓《つま》まれて、同時に大きく掻き出すように腰を動かされて、竜城は夢中で首を横に振った。痛いけれど、そんなこと、どうでもいい。

「気持ち、いい……」

息を乱して訴えると、龍一郎の視線が熱さを増した。

「すごく…いい、リュウ…っ」

「竜城…」

痛みが、もう竜城には快感だった。乱れる呼吸が熱い。視線が熱い。体が…燃える！

引き寄せられて、吸いつかれた。唇は磁石のように惹かれあい、互いの舌を貪った。

知らず、自分の意志で腰を振っていた。自分から龍一郎の髪を両手で乱し、無心に唇を求めていた。

何年経っても、積極的な自分に慣れない。勇気を出して腕を伸ばすたび、羞恥《しゅうち》が竜城を逆方向へ戻そうとする。でも、それでも止められないのはなぜだろう。

それはきっと、どんな竜城をも受け止めてくれる唯一の場所であり、時間だからだ。

◆◆◆

平山《ひらやま》調理師専門学校の入学式は、いい意味で竜城の期待を裏切ってくれた。

三百人は入れるだろう大きなホールの、最初は二階の観覧席に通された。スーツのネクタイを直しながら待っていると、「入学式にご参列の皆様、下のホールにご注目ください」と館内アナウンスが入り、竜城は同期生たちに混じって手すりの下へと首を伸ばした。

見た目はほとんど、どこかの学校の体育館だ。ただ、料理人スタイルの講師陣が壁を背にしてずらりと並んでいる光景は圧巻だった。だが竜城は、それに驚いたわけでは決してない。

「ただいまより、平山調理師専門学校の美食体験入学式を開催致します」

「美食体験入学式…？」

竜城を含めた新入生たちが、その案内にザワついた。

ざわつきは、一気にどよめきへと変わった。なんと、壁に八カ所の亀裂が入り、縦長の長方形のまま、一斉に前へと進み始めたのだ。

三メートルほどの高さの長方形は、ホールの中央に向かって五メートルほど進み、停止した。八組の料理人チームが、それぞれのブースへ急ぐ。アナウンスによると、彼らは昨年の卒業生らしい。食材の入った大きなワゴンを押して、壁から独立した物体の周りに集まっている。

今度は悠々とした足取りで、講師たちが各ブースへ向かった。そのひとりひとりが館内アナウンスで紹介されると、あちこちから歓声が上がった。

「ほら、あの人。昨日もテレビに出てた。フレンチの高井宏行《たかいひろゆき》だよ」

「高井、ヒロユキ…さん、ですか？」

テレビをほとんど観ない竜城には、実のところよくわからない。せっかく話しかけてくれた同期生が、つまらなさそうに顔を戻してしまった。

だが、彼が教えてくれた人物を見てみれば、恰幅《かっぷく》のいい体に優しげな笑顔をちょこんと載せて、二階席に両手を振っている。

誰かが「高井先生〜！」と声をかけ、高井先生が「おー」と拳《こぶし》を突き上げてそれに応えたものだから、場内は爆笑の渦《うず》だ。気づけば竜城も他の新入生たちと一緒になって、懸命に拍手を送っていた。

さて、壁から独立した長方形の物体は、新入生たちが講師陣に目を奪われていたすきに形を変え、なんと可動式のシンクと換気孔に化けていた。定位置にセットされたそれの床板を外した卒業生たちが、シンクの周りで手早く作業を開始する。

ものの数分でコンロに火がつき、高井先生が大きな鍋に塩をぶち込む。その豪快さに館内が大きくどよめいた。

「それでは新入生の皆様、どうぞホールへ降りてください。本日は当校自慢の講師陣が腕をふるって、皆様のご入学を歓迎し、おもてなしいたします‼」

すげーと、竜城のうしろで誰かが声をあげた。まったく同感だ。なんとまあ個性的で、盛大で、ユニークな入学式なのだろう。完全に度肝を抜かれてしまった。竜城が中退した一般的な大学とは、ひと味もふた味も違っている。

一階に降りると、八カ所のブースで早くも美食合戦が繰り広げられていた。我先にと、かなりの人数が向かった先は高井先生のフランス料理だ。

いまちょうど、オマールエビのキャビアソース添えが振る舞われている。講師の両サイドでウニを処理している卒業生たちも、見事な手つきだ。竜城はごくりと唾を呑んだ。朝ご飯はしっかり食べてきたのに、急にお腹が空いてきた……！

「先着二十名、早い者勝ちだよー」

「はいはいはいはい、こちらは越前《えちぜん》ウニのジュレ。いま食べないで、いつ食べるの！」

呼び込みの活気も、フレンチが群を抜いている。だが、中華やイタリアンのブースも負けてはいない。トマトとバジルとガーリックはイタリア料理の定番だが、絶対に外しようのない香りに、安心を求める女性陣が群れている。

見回せば、和食ブースにも列が出来ていた。日本人の魂を揺さぶるこの香りは、椎茸《しいたけ》と鰹《かつお》と昆布《こんぶ》だし。中華やイタリアンの強い香りの間にあっても、やはり和のだしに勝る美食はない。竜城は思いきり深呼吸して、和食を楽しもうとした。だが、そうしていると別の呼び込みが飛んできて、竜城の心を誘惑するのだ。

どこもかしこも食欲をそそる香りが立ち上っていて、到底ひとつには決められない。どこにしようかと迷っていたら、早く！　と胃袋にキューキュー鳴かれてしまった。

和食や中華、フランス料理にイタリア料理と、メインどころだけではない。無国籍やドルチェのブースもある。さすがは大手の調理師専門学校だと感嘆しながら、まずは一番空いているブースから攻めようと決めた。おなかが空きすぎて我慢できない。とにかく、なにか味わいたい。それに、どれを選択してもハズレはなさそうだ。

竜城が足を止めたのは「挑戦者の食卓」と書かれた垂れ幕を背景にしているブースの前だった。理由は、誰もが素通りしていたから。

ちょうど館内アナウンスで、各ブースを紹介している。耳を澄ませて聞いてみれば、「挑戦者の食卓」とやらは、二年制クラスの選抜チームらしい。

「プロの味も捨てがたいけど、生徒が作る料理なんて、他では絶対に口に出来ないよな」

そういう意味では、越前ウニやキャビアより珍味かもしれない。

竜城以外の新入生は、講師たちが織りなす本格高級料理や高級食材に夢中のようだ。だが竜城は、俄然《がぜん》こっちに興味が湧《わ》いた。高級食材なら、龍一郎と暮らすようになってから、ホテルや料亭でずいぶん堪能させてもらった。食べ飽きたとまでは言わないが、せっかくなら、いままでに食べたことのない味に挑戦してみたい。

だから竜城は迷いなく、「なにかありますか?」と声をかけた。

寸胴鍋を混ぜていた男性が顔を上げた。作務衣《さむえ》に鉢巻き、長身に短髪。鋭い目つきに笑みはない。響いた声まで、ぶっきらぼうだ。

「なにかとはなんだ」

はい? と竜城は目を丸くした。あまりにも返答が意外すぎて、返す言葉がない。

「なにもないのに、店を出すバカがいるか」

　けんか腰の態度に、「もしもし次郎さんですか?」と訊ねたくなる衝動を抑えて、「失礼しました」と謝った。コホンと軽く咳払いして、姿勢と気持ちを立て直す。

「こちらのブースのオススメ料理を、いただけますか?」と訊いた。

「一品だ」

「は?」

「ここで出すのは乳麺《にゅうめん》だけだ」

「ニューメン？　素麺《そうめん》を煮込んだアレですか？」

「煮麺《にゅうめん》違いだ。乳に麺と書いて乳麺と読む」

「はぁ…」

この男、ぶっきらぼうすぎる。そのうえ言葉が簡潔すぎる。

ハテナマークを飛ばしている竜城の目の前に、湯気の立つ丼《どんぶり》がドンッと置かれた。

「これが乳麺だ」

「………ええと」

タイミングがいいのか悪いのか、お腹がキュルル…と鳴ってしまった。食べたほうがいいんだよな……と自分の腹と相談する。

丼に伸ばしかけ、竜城は一旦手を止めた。丼の中に見えるものは、なんともクリーミィで柔らかそうな卵色の液体だったのだ。ニューメン…麺のイメージとはずいぶん掛け離れている。

中央に刻みネギと生姜《しょうが》が上品に盛られている。これがなかったら、まるでプリンだ。

「見た目、巨大な茶碗蒸しだな」

失礼な独り言にも、彼は無言の無表情。決して愛想がないわけではなさそうだが、かなり表情の乏しい男だ。

箸と蓮華《レンゲ》を渡されて、竜城は備え付けのイスに腰を下ろした。「いただきます」と手を合わせ、その丼に箸《はし》を静かに差し入れて、目を瞠った。次に香りでハッとした。

「もしかして、酒粕《さけかす》ですか……？」

彼の答えを待たずに、竜城は丼に箸を差し入れ、弧を描くようにゆっくり動かした。スープのとろみの手応えが、なんとも言えずいい感じだ。眺めているだけで口の中に旨味が溢れる。茶碗蒸しよりも柔かく、だがふんわりとしたムースのような実体がある。

そう。これはムースに近い。試しにスープを啜《すす》ってみて…目を瞠《みは》った。口当たりが、メレンゲのようにふわふわなのだ。だがもっと肌理《きめ》が細かく、もっと濃厚。一体どうやって作ったのだろう。

麺を箸で持ち上げて、竜城はまた驚いた。うどんでもフィットチーネでもない。ひとくち啜るたび、もっちりと歯ごたえのある「葛《くず》きり」がプルプル踊る。食感が、たまらなく楽しい。そう、この乳麺は、やたら楽しい食べ物だった。

ベースになっている酒粕と卵と牛乳は、和風ダシで溶いてあると見た。そのダシが、また絶品だ。鰹、昆布、椎茸、煮干《にぼ》し、あとは鰯《いわし》……だろう、たぶん。他にも、もっと多くの旨味が口いっぱいに広がって、とにかく美味い。次のひとくちが、もう待てない。

「このスープ、絶妙です。葛きりにピッタリだ」

「葛きり？」

見上げると、挑戦的にではあったが、初めて男が笑った…ような気がした。お陰で、ようやく彼と視線が重なった。第一印象は次郎だったが、よく見れば、そこまでの悪人顔ではない。どちらかと言えば硬派だが、人間味のあるいい男だ。

「葛きりじゃないんですか？」

まっすぐ向けられる視線は、強さだけではなく、優しさも深みも備わっていた。

「米粉とタピオカ粉のブレンド麺だ」

「タピオカ……！」

感心しつつも、竜城の箸は止まらない。スープの残り一滴まで胃袋に納めてしまった。

「すみません、おかわりください」

気がつけば、彼に向かって空の器を差し出していた。

無表情だった男が、目を丸くして眉を下げ、数秒後に爆笑した。

いまだに顔の火照りが引かない。

初対面の相手に向かって、まるで子供のように「おかわり」を要求してしまうなんて。

そのうえ、ここはレストランではなく学校なのに。おまけに入学式なのに。相手は自分と同じ、この学校の生徒だというのに。

「自己紹介がまだだったな。俺は岸谷《きしたに》。本科の二年だ」

「あ…、乙部《おとべ》です。よろしくお願いします」

いくつだ？ と訊かれなくて助かった。無邪気で済む年齢ならまだいいが、恥ずかしくて「二十六です」とは答えられない。もし訊かれたら、いっそ五才と返そうか。

竜城の「おかわり」の声を聞きつけてか、気づけば「挑戦者の食卓」ブース前には人だかりが出来、「乳麵」に舌鼓《したつづみ》を打っていた。生徒だけではなく、教員も数人混じっている。

「乙部、ここで腹一杯にせず、他のブースでも食ってこい」

言葉の選び方はやや乱暴だが、彼の物言いは思いやりに溢れていた。

「すみません…」

謝りながらも、いま竜城の手には二杯目の丼がある。それも、あと二口で完食だ。

「なぜ謝る？」

「いえ、その…、おかわりは図々しすぎたかな、と」

「図々しいどころか光栄だ。料理人にとって、最高の賛辞だ」

料理人にとって最高の賛辞——なら、おかわりしてよかった。かと言って、もう一杯！　とは恥ずかしくて口に出せない。

三杯どころか、四杯も五杯も食べたくなる。この「挑戦者の食卓」の乳麺は、それほどまでに竜城の舌を魅了した。


「……新入生のみなさん」

館内にアナウンスが響いた。

「当校自慢の料理をご堪能いただきながら、お耳だけ拝借願います」

無意識に、全員が壇上へ視線を投じる。竜城も器をテーブルに戻して立ち上がった。

マイクを持って舞台の中央に立っていたのは、学校案内のパンフレットで何度も拝顔したから知っている。平山校長だ。

「入学式のあと、みなさんへプレゼントをお渡しします。当校の制服です。調理実習の際には、必ずそれを着用してください」

見れば、会場のあちこちに白の上下に身を包んだ在校生たちの姿があった。みな誇らしげな表情で、なんだか眩《まぶ》しい。

自分も今日から、彼らの仲間なのだ。そう思うだけでドキドキする。

「学校の校章が、胸と肩に刺繍《ししゅう》してあります。うちの卒業生は、自分の店を構えてもこの白衣を使っている人が大勢います。ここの卒業生であることを誇りに思うと同時に、長く食に携わることで自然に『勿体ない』という思考が根づくからだと、私は受け止めております」

校長の声は、終始とても穏やかだった。髭をたくわえた口元から、染み入るような言葉が紡ぎ出されて心地いい。

「本日の入学式でのみなさんと、卒業式でのみなさんは、どんなふうに変化し、成長しているでしょうか。私たち指導陣に出来ることは限られていますが、聴き方、学ぶ姿勢、工夫次第で、あなた方はどれだけでも成長できます。すべては自分次第です。ぜひ目標を掲げてください。ない人は、見つけてください。ここには多くのチャンスがあります。それらをぜひとも、自分の手でつかみ取ってください！」

鳥が一斉に大空へ向かって羽ばたいたような、心地よい拍手が湧き起こった。竜城も夢中になって手を叩いていた。

目標か…と呟いたら、いつの間にか隣に立っていた岸谷がぽつりと言った。

「お前の目標は？　乙部」

竜城は隣の長身を見上げた。その質問に答えることに、躊躇《ちゅうちょ》はなかった。と言うよりも、口にすればするほど目標は近くなると信じている。だから竜城は隠さないし、惑わない。

「カフェを経営したいと思っています」

意外な答えだったのだろうか。岸谷が、わずかに首を傾げた。

「カフェ？　大手レストランやホテルじゃなく？」

訊かれて今度は、竜城のほうがきょとんとしてしまった。なぜですか？　と訊ねると、なぜって……と、岸谷が眉間に皺を寄せた。

「この学校の生徒は、大抵が大手狙いだ。卒業までにホテルの厨房やイタリア研修、フランス研修、京都研修……こなした数に比例して、就職先も増える」

「海外研修は行きません。学校内で学ぶことだけで充分です」

なぜだ？　と、なぜか追い詰めるような口調で訊かれた。だが竜城はその質問に対する答えも、すでに心の中核に携《たずさ》えている。

「俺は基礎を徹底的に学びたいんです。…笑われるかもしれませんが、小学生が家庭科で習うようなことから勉強したいんです。大手で働きたいという夢は微塵《みじん》もありません。普通のことが、ごく普通にできるようになりたいんです。最終的には、自分の家族の口に入っても安心していられる、安全で、なおかつ美味しい料理を毎日作り続けられる技術と知識を持てたら最高だと思っています」

いつしか岸谷は厨房からホール側へ出てきていた。「挑戦者の食卓」チームのメンバーは、店の片付けを始めている。もう食材が尽きたらしい。美食入学式も、お開きの時間だ。

「カフェに役立つメニューなら、料理教室のほうが向いてるんじゃないか？」

言われて竜城は、うーん…と首を傾げた。

「料理教室ではダメなんです」

「なぜだ」

「できるだけ多くの講師に、多方面から教わりたいからです。料理をきちんと教わった経験が一度もないので。調理器具の種類や使い方も知りたい。アイデアの引き出しがたくさん欲しいんです。それに加えて、資格を取りたいという欲もある。だから、ここなんです」

岸谷が鋭い眼を細めた。なぜか少し笑っている……ような気がする。

「お前にひとつアドバイスを送るとしたら、自分を枠《わく》に填《は》めないことだな」

「枠に填めないこと…ですか？」

「そうだ。初心に囚われるな。自分の意志に翻弄《ほんろう》されるな。常に自由でいろ」

「普通は、初心に帰れとか、自分の意志を貫けって言いませんか？」

普通はな、と岸谷が微笑み、腕組みをした。

「言っておくが、ここの講師は大人数の厨房での戦い方は叩き込んでくれるが、カフェは得意分野じゃない。正直、カフェを格下と見ている講師が多いんだ。カフェに拘《こだわ》ることイコール、講師からの反感を買うと覚悟しておいたほうがいい。だから、自分を解放しろ」

嬉しくないアドバイスをもらってしまった。だが、言われてみれば、ごもっともだ。

学校側の本音は、生徒が大手ホテルや老舗《しにせ》料亭に就職すれば宣伝に繋がるし、学校としての格も上がる。だから竜城のように、自分のカフェを持ちたいなどという生徒は、教え甲斐がないと言われても仕方がない。

黙り込んでしまった竜城に、岸谷が救いの手を差し伸べてくれた。

「だが、お前のカフェが将来有名にならない保証は、どこにもない」

竜城は岸谷を仰ぎ見た。

岸谷は、壇上の校長を見据えたままだった。竜城に…ではなく、まるで自分に言い聞かせるように言葉を続ける。

「ブレない目標を持っているなら、あとは無心に学び、貪欲《どんよく》に吸収すればいい。迷いや不安が生じたときには、目の前の誰かひとりのためだけに全力を尽くせばいい。その誰かを満足させられたら、おのずと軌道は修正できる」

……どうしよう。感動してしまった。

講師ではなく、在校生の言葉に感極まって胸を熱くするなんて、思いがけない事態に直面している。

　専門学校には、いろんな生徒がいる。高校卒業後に入学する者もいれば、竜城のように一度は社会に出た人間もいる。岸谷も、恐らく社会経験を積んだ口だろう。見かけは若いが、もしかしたら竜城と変わらないのかもしれない。そう感じるほど、彼が発する言葉には自立した料理職人の印象が漂《ただよ》っていた。

「あの……岸谷さんって、本当はここの講師ですか？」

「本科の二年と言っただろうが」

　横睨みされて、竜城はひとりクスクス笑った。

「じゃあ俺たち、同時に卒業ですね」

「お前が単位を落とさなきゃな」

「それを言うなら、お互い様です」

　竜城は右手を差し出した。眉を跳ね上げた岸谷が、面倒くさいのか照れているのか、おそらくはその両方なのだろうが、複雑な表情で握手に応じてくれた。

　岸谷の手を握った瞬間、竜城の鼓動《こどう》がドキリと跳ねた。

　とても分厚い右手だったのだ。そして、大きい。この手から創り出される料理は、きっととても力強くてパンチが効いていて、なおかつ豊かな味がする。そんな気がする。

早くも竜城が、先程の乳麺を「お気に入り」のファイルに加えたように。

竜城は岸谷の大きな手を、両手で強く握り返した。いい加減離してくれと困っているのが気配で伝わってくる。だがもう少しだけ彼に感謝を伝えたい。竜城は無言で、その手を何度も上下に振った。

「…それでは、これより校舎内の案内をさせていただきます。新入生の皆様は、案内係の在校生のあとに続いて移動してください…――」

言葉では表せない、有意義な入学式だった。感極まって、竜城は唇を噛みしめ、ひとつ大きく頷いた。そしてようやく、岸谷の手を解放した。

「あの…」

片付けに入ろうとしていた岸谷が、「まだなにかあるのか」とばかりに、眉を寄せて振り向く。またしても次郎顔に逆戻りだ。だが、悪人顔には免疫《めんえき》がある。

「また会えますよね？」

「本科は全員、同じ校舎だ。イヤでも毎日顔を合わせる」

「え、イヤなんですか？」

「……お前、天然って言われるだろ」

言われませんよと真顔で首を横に振ったら、眉を下げて笑われた。

笑うと、ぐっと優しい表情になる。つい竜城も笑みを零してしまう。

明日から頑張れよと、岸谷が拳を突き出してくれた。

その大きな拳骨《げんこつ》に自分の拳をこつんとぶつけて、竜城は移動の列に加わった。


あちこちから、どよめきが起きている。

気づけば竜城も、うわ…と感嘆を漏らしていた。

平山調理師専門学校の実習室は、学校案内のパンフレットにも写真つきで掲載されていて、その素晴らしい設備は熟知していたはずだった。

だけど、違う。実際にそれを目にしたら、写真で見たときの何倍もの感動が天井から降り注いでくるようで呆然とした。

「すごい施設だな…」

竜城は何度も唾を呑んだ。床も壁も真っ白な上、磨かれてピカピカに光っている。埃《ほこり》やら塵《ちり》やらとは無縁の、どこまでも掃除の行き届いた美しい空間だ。

「入るのが申し訳ないよ」

竜城の隣を歩いていた同期が漏らした。「ほんとですね」と同意して、お互い自分の足元に目を落とした。スリッパの裏が汚れていないか、スーツにゴミはついていないか、いつもは気にならないことにまで意識が及ぶし、背筋も伸びる。

実習室の天井には、何台ものプロジェクターが設置されていた。講師の包丁さばきが、壁に投影される映像で確認できるようになっているのだ。

いまも料理の数々が、壁に映し出されている。過去にこの実習室で行われた授業の録画だとの説明を受けて、竜城は食い入るようにそれを眺めた。湯むきトマトがアップになる。その隣にはパスタ鍋。イタリアンの授業風景だ。

今度はトリュフが大写しになった。講師が右手に持っているのが中国産。左手はフランス産のトリュフらしい。産地の違いと見分け方を、講師が説明している。その説明を聞きたくて、竜城は懸命に耳をそばだてるのだが、校舎案内の声のほうが大きく、モニターの音声が聞き取れないのがもどかしい。

そうしている間に、モニターが料理の場面に切り替わってしまった。残念でならない。

「いっそ、今日から授業にしてくれないかな…」

竜城もいつか、さっきの講義を聴けるだろうか。それとも、いま説明していた講師を捕まえて質問しようか。もしくは、岸谷だ。彼なら知識もありそうだし、講師より気軽に質問できる。

早く学びたい。とにかく勉強したい。両手では抱えきれないほど知りたいことがありすぎて、いまにも叫びだしてしまいそうだ。

竜城は額に手を当てた。ちょっと落ち着かなくては。こんなに興奮したことは近年ないから、心臓がバクバクしている。

「さっきの、食ったことあります?」

ふいに声をかけられて、竜城はうしろを振り返った。

恐らく高卒で、野球部だったのだろう。五分刈り頭にニキビ顔の男の子が、遠慮がちに声をかけてきた。

「さっきのって、トリュフのこと?」

「あ、はい。あれって美味いんすかね」

なんと答えればいいものか。竜城は本気で困ってしまった。龍一郎のおかげでというか、彼のせいでというべきか、世界の三大珍味や高級食材は、かなりの回数で口にしている。

だからこそ、産地の見分けが出来るようになりたいのだ。自分が口にしているものが、どういうルートを辿《たど》って目の前にあるのかを知りたいし、人に訊かれたとき、きちんと回答できる人間でありたいから。

「俺、トリュフを見たの初めてで…。あれって、芋《いも》の仲間ですか?」

彼のコメントが楽しくて、竜城は目尻を下げてしまった。

「トリュフはキノコの仲間だよ。木の根っ子で育つんだ。人工的に作れないから、犬や豚に探させて掘り当てるんだそうだよ」

「すげー」

ニキビくんが、眼をキラキラさせて竜城を見ている。働き者の犬や豚に感動したのではなく、竜城の知識に驚いたらしい。竜城はクスクス笑ってしまった。

「……と、俺も人から教えてもらったんだ」

打ちあけると、ニキビくんがほっとしたように笑みを浮かべた。

トリュフの諸々を教えてくれたのは龍一郎だ。竜城は心の中で龍一郎に感謝しながら、ニキビくんに自己紹介した。

「俺は乙部と言います。もう二十六歳なんだけど、若い子たちと一緒に勉強できることを楽しみにしていました。一年間よろしく」

ニキビくんは嬉しそうに頬を赤らめ、栗林《くりばやし》ですと返してくれた。「料亭で働くのが夢なんです」とも教えてくれた。

「料亭?　じゃあ、目指すは和食の達人?」

「はい!　じつは俺のとーちゃ……、えっと、父親が漁師なんすよ。それで俺、料亭で働けば、父ちゃんの魚を最高にうまく料理してやれるって思うんっすよ！」

語気に気圧されて、竜城は聞き入ってしまった。

「過去十八年の人生で、俺、父ちゃんの釣ったブリより美味いブリは食ったことないんすよ。俺、父ちゃんのことメッチャ尊敬してるんで、俺、父ちゃんのブリをうまく捌《さば》けるようになったら、父ちゃんを超えられるって思ってるんっす」

「超える…？」

「はい。漁師になって父ちゃんと漁に出ることも考えたんすけど、それだと、一生親を超えられないじゃないすか。母ちゃんも、超えたほうが父ちゃんが喜ぶって言うんすよ。だから俺、父ちゃんの魚を日本一美味く捌ける料理人になりたいんっす！」

そう言って笑う栗林吉雄《よしお》は、誰よりも輝いて見えた。

自分の未来像を思い描ける人間の目は、どこか違う。自分も、栗林のような目をしているだろうか。ぜひとも、そうでありたい。

「お父さんのブリ、いつか食べてみたいな。そのときは栗林くんが捌いてくれる？」

「あ……もちろんっす！」

父親を心から尊敬している栗林が、竜城には眩しく、羨《うらや》ましかった。両親が大切に育てたのだろうことが手に取るようにわかる。ときには厳しく、ときには優しく。溢れるほどの愛情を注がれて、彼は成長したのだろう。

年齢はずいぶん離れているが、エネルギーに溢れた同期生と巡り会えたことが、なにより竜城は嬉しかった。

負けてはいられない、と思う。目指す未来は違っても、お互い切磋琢磨《せっさたくま》して、良い影響を与えあって腕を磨いていけたら最高だ。

「それでは最後に、教科書一式とエプロンをお渡しします。お受け取りになった方から順次退室してください。明日は八時半に、この教室へ集合してください。それでは出席番号順にお呼びします。一番、朝倉昇太《あさくらしょうた》さん、二番、乙部竜城さん……」

お先にと栗林に軽く手を上げて、竜城は前へ進み出た。


夢があって、活気に満ちて、感動が溢れかえっている。自然に、帰宅の足取りも軽くなる。脈拍がいつもより早い。駅のホームで電車を待つ間にも、まだ興奮が鎮《しず》まらない。

「新宿《しんじゅく》駅至近という利便性も、文句なしだ」

竜城たちが暮らすマンションは恵比寿《えびす》だから、渋谷《しぶや》で乗り換えればすぐだし、颯太の学校がある広尾《ひろお》にだって、行こうと思えばすぐ駆けつけられる距離にある。

こんな近くで、こんなにも充実したシステムで一年間好きなことを学べるなんて、本当に自分は恵まれていると、竜城のテンションは上昇するばかりだ。

「よかった…ホントに。この学校に決めて本当によかった！」

いま、無性に龍一郎に会いたい。この気持ちを直接一気に伝えたい。

龍一郎に出会わなかったら、竜城の「いま」は存在しなかった。なにもかも龍一郎がいてくれたからこそだ。龍一郎が、竜城の人生を変えてくれたのだ。

「ありがとう、龍」

いま龍一郎がここにいたら、人目も憚《はばか》らず抱きついてしまいそうだ。愛してると叫んでキスしてしまいそうだ。

求められたら一瞬の躊躇もなく、喜んで捧げてしまいそうだ。


………なにが哀しいって。

こんな日に限って家に誰もいないことが、とてつもなく哀しかった。

『あのね、たっちゃん。今日はおじいちゃんが迎えに来てくれたから、このまま、おじいちゃんちにお泊まりしてくね。学校は、明日じろちゃんが送ってくれるって』

「あ…、うん。わかったよ。おじいちゃんによろしくね」

『悪いな、竜城。早く帰るつもりだったが、仕事がまだ終わらねぇんだ。先に休んでいてくれ。明日からの学生生活、存分に楽しめよ』

「……うん。ありがとう」

相次いで入った電話にため息をついて、竜城はソファに身を沈めた。

今夜はふたりに話したいことが、たくさんあったのに。

サプライズな入学式のこと、岸谷のこと、乳麺という名の面白いメニュー、充実した校内施設、いがぐり頭の栗林……。

思い返すだけで笑みが零れる。夜になっても、まだ体中の細胞がうきうきソワソワ跳ねているような感じだ。今夜は眠れそうにない。

滅多に観ないTVをつけても、内容が頭に入ってこない。とりあえず夕飯を済ませ、今日配布された教材やテキストを開いて内容をチェックしていたら、またしてもソワソワしてしまい、却って落ち着かなくなってしまった。

竜城は携帯電話を取りだして、咲子のアドレスを開いた。電話をかけようとして……やっぱり止《や》めた。

「あーあ…」

漏れたのは、深いため息。嬉しかったことを一番先に聞いてもらいたいのは、他の誰でもない、家族なのだから。

「…お風呂にしよ」

携帯をテーブルに置いて、ひとり寂しく腰を上げた。

このマンションには、浴室がふたつある。オート洗浄機能とお湯張り機能が備わった室内風呂と、岩を運び込んで特別に作られた露天《ろてん》風呂だ。

なんとなく、今日は無性に自分を解放したい。自分を解放しろ、と岸谷に言われた影響だろうか。竜城は室内のそれではなく、バルコニーの露天を使うことにした。

このマンションのバルコニーを覗ける者は、誰もいない。遠くに何棟ものオフィスビルが聳《そび》えているが、望遠鏡でも使わないかぎり竜城の入浴シーンは見えないだろう。

室内の照明を落として、着ているものをすべて脱いだ。外気に肌を晒しても、今夜はまったく照れはない。すべてを晒したい気分だ。

龍一郎と露天風呂に入るときは彼の視線が気になって、つい背中を丸めて前を隠してしまうのだが、いまは違う。誰の視線も気にすることなく堂々とバルコニーへ出られるし、夜空と夜風を全身で独り占め出来る。

月明かりに顔を上げると、満月が、こちらを見ていた。

竜城は岩場にゆっくりと腰を下ろし、湯の中に足を沈めた。湯の表面が優しく波打ち、竜城の股間の茂みを濡らす。

水面の月が何層にも分かれ、竜城の茂みを揺らして光る。それをぼんやりと眺めていたら、ごく自然に勃《た》ちあがってしまった。

龍一郎に触れられるときのような勢いはない。ただ自然に……本当に生理的な現象で、湯の中から起き上がっていた。

月に照らされている自身の先端に、そろりと手を伸ばしてみる。

人差し指を、そこへ静かに……添えてみた。

「……っ」

ぴくん、と腰が跳ねた。反射的に乳首がしこり、固くて敏感な性感帯へと変化する。

とても恥ずかしい行為だという自覚は……ある。「したい」と思う性欲を肯定できない潔癖《けっぺき》な自分が、「欲情などして、みっともない」と、不埒《ふらち》な自分を責めている。

慌てて竜城は首まで湯に浸かり、温まってもいないのにさっさと出て、バスタオルで体を乱暴に拭いた。邪《よこしま》な思考を振り払うように、バスローブに腕を突っ込む。

腰のベルトを結ぼうとしたとき、変化しているそこを直視してしまい、竜城は赤面したまま目を逸らした。

「欲求不満じゃあるまいし…」

自分を卑下《ひげ》して忘れようとするのだが、勃ってしまったものは衰えてくれない。

全身が火照《ほて》るのを意識しながら、竜城はバルコニーを見回した。……誰もいない。誰も見ていない。だからというわけではないけれど、竜城だって人並みの性欲はあるのだと自分を擁護した。勃起は生理現象だし、むしろ男であれば当然で、恥じるようなことではないのだ……が。

だが竜城は、月の光から逃れるように部屋の中へ飛び込んだ。窓を閉め、何度も大きく深呼吸して、そして恨めしい満月を肩越しに見上げた。

恐ろしくなるほど、妖しく美しい満月だった。

見ているだけで落ち着かない。心が濡れて、ざわついてくる。

性欲は、まだ治まらない。いつもは竜城が性欲を感じる前に龍一郎が触れてしまうから、自分で処理する必要を感じなかっただけで、竜城に性欲がないわけじゃない。

それに今日は、いろいろあった。楽しすぎた。まだ高揚しているし、興奮もしている。気持ちも……体も。

だからこそ今夜は、龍一郎にいてほしかったのに。

龍一郎が留守なのだから、自分の体は自分で落ち着かせなくてはならない。

こんな夜に竜城をひとりにした龍一郎が悪いのだと、竜城はうしろめたさと罪の意識を、龍一郎のせいにした。

独り寝のベッドは、広すぎる。

竜城は仰向けになるとバスローブのベルトを解き、前を開いた。……疚《やま》しさに、手が震える。

理性が本能に押されている。性欲に敗北するなんて……信じられない。

天窓から降り注ぐ月光が、竜城の下半身を闇に浮かび上がらせている。ぼんやりと光を放つ自分自身に竜城は何度も唾を呑み、脚を開き、膝を立てた。

「……っ」

そこを空気に晒した瞬間、倒錯めいた気持ちが体内に渦巻いた。龍一郎に触れられているわけではないのに、痛いほどなにかが漲《みなぎ》ってくる自分の体が不安だった。

「ん……っ」

仰向けになって、ただ脚を開いているだけなのに。悪いことなんて、していないのに。

それなのに、このはち切れそうな罪悪感はなんだろう?

それでも竜城はバスローブを肩からずらし、上半身も月に捧げた。

ただ、それだけなのに。

月光に照らされている素肌が、無性に熱い。

ピリと攣《つ》っている。
疼《うず》きはまったく治まってくれない。乳首は痛いほど尖《とが》り、放電しているかのようにピリ
「ん……」
月の魔力から逃れたくて、竜城は自分の乳首を指で隠した。だがその瞬間、短い悲鳴を
発して喉を仰け反らせてしまったのだ。
落雷に遭ったかと錯覚するほど、強烈な衝撃に見舞われていた。乳首が弾け飛んだかと
思うほどのショックに、竜城はたまらずシーツに背中を擦りつけて息を乱した。
「は……っ」
全身が汗ばむ。あちこちが熱い。滲《にじ》む汗が表皮で沸騰《ふっとう》しているかのようだ。
竜城は目を閉じ、唇を強く噛みしめた。いままで、ひとりでいるときに、これほど強烈
な性欲に襲われたことなど一度もなかった。昼間、興奮しすぎたせいだろうか。確かに体
はまだ火照っているし、脈もドクドクとうるさいほどだ。
だとしても、我慢くらい出来るはずだ。自制できないほど子供じゃない。自分を見失う
ほど「したい」と思うことなんて、後にも先にもないはずだ。……と信じたい。
「どうして……こんな…っ」
強烈な羞恥に襲われながらも右手を忍ばせてしまった理由は、もう、考えたくない。

これらはすべて——満月の魔力の悪戯だ。

握った瞬間、疚しさと欲望のバランスが崩れた。したければ、すればいい。なにも悪いことじゃない。

「ふ……」

竜城はゆっくり右手を上下に動かした。これは間違いなく自分の一部のはずなのに、いつもと異なる手の感触に、全身が戸惑っている。全細胞が無意識に、龍一郎の感触を探している。

それだけじゃない。なにかが違う。前だけに刺激を与えても、膨れあがった竜城の興奮は一向に爆発することなく盛り上がっては萎《しぼ》み、また膨れては萎《な》えてしまうのだ。

その原因に気づいたとき、竜城は愕然《がくぜん》とし、片手で顔を覆った。

「うそ……だろ？」

要するに、刺激が足りないのだ。

うしろにも刺激を与えなければ、満足できない体になっているのだ。

誰が竜城を、そんな体に変えた？　……もちろん、龍一郎に決まっている。

「そんな、バカな…っ」

溜まったものを処理したいのに、まさか自力では抜けないなんて有り得ない。このままでは辛いし、苦しい。このもどかしさは、きっと女性にはわかるまい。

眩しすぎる月がいけないのだ。竜城は目を閉じ、視界を遮断《しゃだん》した。そして、うしろに触れた。龍一郎の舌や指の感触を思いだそうと懸命になって自分を虐めた。

「ん……っ」

両方に触れて、ようやく吐息が自然に漏れた。体が軌道に乗り始めたのだ。まるで龍一郎がしてくれているような錯覚に陥り、竜城は二本の指でそこを揉み、襞《ひだ》を解《ほぐ》した。

「リュウ……」

名を呼ぶだけで、そこが異様に熱くなる。

唾を呑み、きつく目を閉じ、いつもの固さを想像したら、そこが何度も収縮し、自分でも怖くなるほど体が前向きな反応を始めた。

「リュウ……龍一郎…っ」

「ん……ぁ」

急激な充血は、痛みと痺れを竜城にもたらした。竜城は目を閉じ、唇を噛んで扱き続けた。だが、一向に出てくれない。足りないのだ、まだ。

龍一郎がよく口にするような、恥ずかしい言葉を自分に浴びせれば、うまくいくだろうか。すんなりと出てくれるだろうか。でも、恥ずかしい言葉って……例えば、どんな？

「どうされたいんだ。……とか？」

どうされたいかなんて、決まってる。いつも龍一郎がしてくれるようにだ。だけどそれを自分で再現するのが恥ずかしいから困っているのだ。

「どうしよう……」

放熱を止めたいのに、放出できないから溜まる一方だ。下腹部が、張って痛い。ますます頭が混乱してくる。だけどもう、理性が戻る兆しはない。放つまで、きっと。

人差し指と薬指を使って押し広げたその中央に、竜城はついに中指の先を添えた。固い襞に触れ、羞恥と歓喜に背筋が震える。

「リュウ……っ」

挿れられたい。ここに。まだ固い、この窪みに挿れてほしい。

どうしようもなく恥ずかしいこの窪みを、いますぐ強引に突き破ってほしい。

あまりの衝撃に、竜城は目を剥いて空《くう》を食《は》んだ。

呼吸が暴れて止まらないのは、激しく揺さぶられているからだ。

「…ッ‼　…――‼」

信じられない。有り得ない！　体が浮く。突き上げられる！　仰け反ってしまう！

「う…………！」

引き剥がしたいのに、力が入らない。逃げたいのに穿《うが》たれている！

自分の指に…ではない。なぜなら竜城は、まだ挿れていなかった。

なのに、いきなり貫かれたのだ。指の何倍も太くて頑強で固いものに、抵抗できない強引さで突き上げられ、叩きつけられ、抉《えぐ》られ、驚嘆するしかないほど強烈な快感を浴びせられているのだ！

「あっ、アッアッ……、んアァ……――ッ！」

浮いた腰を抱えられ、両膝が肩につくほど曲げさせられた。恥ずかしい場所を月に向かって全開にされ、とてつもない勢いで中を擦られ、いまにも失神してしまいそうだ。

だが、気を失うことすらままならない。なぜなら、膨大な存在感の塊が、竜城に向かって真上から、容赦なく突き落とされたのだから。

「アアアアアア…――‼」

竜城は無我夢中でシーツを掴んだ。穿たれたそこを、腰ごとぐねぐねと練り込むように押しつけられて、中を強引に掻き回されていた。

「ぁんっ、あ……んんっ、あ……ぅんっ！」

刺激を受けて、固くなる。はち切れんばかりに膨張する。

いろんなことが、ものが、気持ちが、体が、このとき限界を超えたように思う。

素早く抜かれた塊が、反動をつけ、再び一気に押し入った直後。

自分の手では処理できなかった頑固な性欲が、じつに気持ちよく放たれた。


待たせたなと、男が偉そうにウインクした。

どうして…と訊きたいのに声が出ない。悲鳴は、あんなにも迸《ほとばし》ったのに。

それより、ただただ泣けてくる。恥ずかしさと情けなさと屈辱で、涙が止まらない。

「泣くほど気持ちよかったのか？　え？　竜城」

「リュ……」

悔しくて、名を呼ぶ声が途中から歯ぎしりになってしまった。最愛の人であるはずの石神龍一郎を、こんなにも憎悪したのは久しぶりだ。

憎くて憎くて、できることなら拳を顔面に叩き込んでやりたい…のに、できない。なぜならそれは龍一郎が、まだ抜いてくれないから。いやらしく腰をゆさゆさと揺さぶられて、波動のような快感が竜城を喘がせ続けているからだ。

「股おっ広げて、お帰りなさーいなんて迎えられちゃ、挿れないわけにゃいかねーよなぁ」

　その言い草にも腹が立つ。なにもかもが腹立たしい。言葉なんかじゃ説明できないほど、悔しくて情けなくて、この事実そのものが耐え難い。

　欲しがっている姿なんて、絶対に見られたくなかったのに！

「か……帰ってこないって言ってたくせに……！」

「帰らないなんて言ってねーよ。遅くなるって言っただけだ」

「な、なぜ、こんな…っ」

「なぜって？　そりゃお前、俺が訊きたいところだ。入れてぇ〜なんて腰をフリフリ催促されりゃ、突っ込むのは当然だろ。え？」

　指先で軽く鼻の頭を弾かれて、竜城は耳まで真っ赤になった。

「い…入れてなんて言ってない！　そ…そんなこと、口が裂けても絶対に…っ」

「言ってたじゃねーか、何度も何度も。はっきり聞こえたぜ？　早く挿れてくれってよ。お前の下のおちょぼ口が、俺に向かって涙ながらに訴えていた」

「お、おちょぼ口って…」

「コイツのことだ」

　ほれ、とばかりに腰を揺すられ、竜城は嬌声《きょうせい》を漏らしてしまった。ほんの少しの刺激でも、いまはつらい。一度放ってしまったせいか、射精時の快感が全身に散らばっているのだ。あちこちが敏感になっていて、言葉で嬲られるだけで疼いてしまう。

龍一郎が悪いわけではない。月に惑わされ、理性をコントロール出来なくなってしまった自分のせいだ。自らが招いた天罰だ。

「気がつかなかったのか？　俺の帰宅に」

知らなかった。気がつかなかった。自分の鼓動の大きさに、聴覚を狂わされていたとしか思えない。

「知ってて誘ってたんじゃねーのか？」

竜城は悔し涙をまき散らしながら、必死になって首を横に振り続けた。

「てことは竜城。お前、いつも俺が留守の夜は、あんなふうに俺を呼んで、右手と浮気してやがったのか。え？」

「う…浮気だなんて、人聞きの悪いことを…！」

「立派な浮気じゃねーか。あ？　この右手が、俺の可愛い竜城のマラを独り占めしやがったんだ。バツを与えてやらなきゃなぁ」

言いながら、右手を強く掴まれた。竜城は痛みに顔を歪めながらも、気丈に言い返した。

「うるさい…！　も…抜けよっ！」

「俺の質問に答えろ。そしたら抜いてやる。…どうなんだ？　竜城。いつも右手と浮気してたのか？　俺と右手、どっちがお前を、より満足させられるんだ？」

近づいてきた顔を両手で押し戻そうとしたら、片手で軽くひとまとめにされてしまった。そのまま顔を近づけられて、頬にキス。顎にもキス。怒りも露わに睨みつけても、龍一郎は楽しげに笑うばかりだ。

唇を強引に奪われた。強く吸われている舌同様に、押し込まれたままの中心もジンジンと脈打つように痺れている。

「俺も我慢できねーよ…竜城。犯させてくれ。多少乱暴でも構わねぇだろ？　な？」

「お…俺は、これ以上は、もう…」

もう、気持ちが持ちこたえられない。

「マスをかくほど餓えてたんだろうが。え？」

思い出させないでほしい。たのむから黙っててほしい。腰を回して竜城の口を封じながら、そんなセリフを吐かないでほしい。

「餓えてなんか…ない…っ。俺はただ…」

「ただ、なんだ？」

クイクイと腰を使って返事を要求され、竜城は息を乱して白状した。

「ただ、気分が…よくて…っ」

「気分がいい？　なにかいいことでもあったのか？」

竜城は唇を噛みしめたまま、何度も頷いた。

「友達が……できたんだ」

言葉は不思議だ。報告しているだけなのに、自然に表情が弛んでしまう。直後に腰を擦りつけられてしまったから、すぐに歯を食いしばって耐えたけれど。

「ダチが出来るとオナるのか、お前は。あ？」

「そ…、そんなんじゃ、な……っ、ぁ、あ――――！」

ギリギリまで、退かれた。体を持っていかれるこの衝撃は、引き潮と似ている。肉体的な失墜感に目眩がして、竜城は自分の両肩に爪を立てて衝撃に耐えた。

「ダチが出来て、嬉しくて、気持ちが昂ぶってしまった。そうしたら体が疼いて、勃起した…ってか？　気持ちはわからないでもないが、てことはよ、竜城。お前、ダチに欲情しやがったのか。俺というものがありながら」

違う、と懸命に首を横に振り、そうじゃなくて…と、息も切れ切れに訴えた。

「こんなこと……、ほ…本当に、初めてなんだ…。目標が……似てて、話が弾んで、彼の料理が……とても美味しくて、それが…、ものすごく嬉しく、て……」

「美味かったのは料理じゃなくて、別のことじゃねーのか。え?」

「だから、岸谷は、そんなんじゃ……、ぅんっ!」

黙れとばかりに腕を剥がされ、乳首をキュッと抓まれてしまった。

「ベッドで、俺以外の野郎の名前を口にするんじゃねぇ」

「い……——!!」

潰すように捻られても、もはや痛みは感じない。痛点などとっくに通り越して、与えられる刺激のすべてが快感へと変換されてしまうのだ。痛めつけられながら喜ぶ体など、自分でさえおぞましい。それなのに、腰が勝手に応じてしまう。

「……もっと早く帰って来りゃよかったなぁ」

竜城は唇を噛みしめて首を横に振った。早く帰って来なくていい。頼むから今夜見たことは忘れてほしい。

「リュ……、も……、いや……っ」

揉まれすぎて、感じすぎて、頭の芯がくらくらする。もう限界だと懸命に目で訴えたら、ようやく苦笑いで応えてくれた。

「…ま、今回のことは、待たせた俺が悪かったってことにしておいてやる。よって、詫びを入れさせてくれ。深々と、根元までな」

キスしながら指の腹で乳首を捏ねられ、竜城は息を弾ませた。掬うように、かき混ぜるように、延々と動かされている下半身は、竜城の放ったもののせいで湿った音をたてている。犯されて放つなんて、考えただけで変になる。

「電話のお前の声が寂しそうだったから、用事を一旦中断して戻ってきたんだぜ？ そしたら、部屋の中が真っ暗じゃねーか。ヤベェことでも起きたのかと血の気が引いた。どこかに誰かが潜んでるんじゃないかと気が気じゃなかった」

「は……うん…、んっ、ん…っ」

もうこれ以上、喘がせないでほしい。そんなに揺らさないでほしい。でなきゃ会話もままならない。

「真っ暗な室内を、次郎とふたり、忍び足で捜索したんだぜ？ 寝室から漂う怪しい気配に息を潜めて覗いてみりゃ、俺の愛する淫らな天使が月と戯れていやがったってわけだ」

——ちょっと待て。

いま、なんて言った？

次郎がどうとか、言わなかったか？

「う……」

頭の中で、龍一郎の言葉が旋回する。耐えきれなくなった神経が、自主的にブレーカーを落とそうとしている気配がする。

だが気絶する前に、明らかにしなければ。

「リュウ…」

「なんだ？」

そんな嬉しそうな顔をしながら、腰をねじ込まないでほしい。

「まさか…リュウ、ここに、次郎さんが……」

「いちゃ悪いのか」

いた————————っ‼

竜城は龍一郎を突き飛ばし、寝室のドアを凝視した。

すると、立っていたのだ。ドアの柱に凭《もた》れて焼酎をボトルで煽《あお》っている次郎が。

「俺に遠慮することはない。続けろ」

理解を超える無神経さに、ついに竜城の神経が音を立てて切れた。

今度こそブラックアウト……しそうになったが、ここで気絶したら、この悪徳義兄弟になにをされるかわからない。自力で意識を立て直し、気合いで龍一郎の下から這い出ると、竜城は大男に向かって叫んだ。

「そっちが遠慮しろーっ！」

酎
!!
ぐおっ

「固《かて》ぇことというなよ、ダーリン」

背後から体を重ねてきたのは、龍一郎だ。この男は義兄弟の次郎の前でなら、竜城に辱めを与えても平気らしい。というよりも、次郎を見張りに立てることで、より安心して性戯に夢中になれるというのだから始末が悪い。

「リュウ、頼むからやめてくれ。人前でなんて、俺は絶対にお断り……アッ！」

脚の間に腕を入れられ、前を鷲づかみにされて、竜城の腰が脆《もろ》くも崩れる。

「あ…っ、んン…っ」

手を払い退けようとしても、龍一郎は容赦なく竜城の前を揉んでくる。腰を上げていられなくなって、竜城はベッドの上に突っ伏してしまった。腰を上げた格好のまま、シーツを掴んで屈辱に耐えるものの、龍一郎の右手は休むことなく竜城を責め、追いつめる。

「いや……いやだ、リュ……」

前を扱いていたはずの指が、強引にうしろを嬲り始めた。今度こそ本気で逃げようとしたのに、腰を抱えて引き戻されてしまった。

「リュウ、お願い、やめて…リュ…」

「浮気をしやがったバツだ」

「う…浮気って…、だから、これの一体、どこが浮気……ァァァア‼」

ほくそ笑みながら龍一郎が突き刺したのは、恐らく親指だ。残り四本の指で、器用に前を虐められて、竜城は歯を食いしばった。

「右手を切り落とされないだけでも、ありがたいと思え」

爆発しそうな快感に耐えながら、竜城は懸命に訴えた。

「次郎さんが…見てる。頼むから…、これ以上は……っ！」

「いーじゃねーか。次郎はな、お前のことを誤解してるんだ。いまだにお前を生意気なガキだと思ってやがる。だからな、竜城。そうじゃないってとこを見せてやれ。お前がどんなに可愛いか、俺に従順か、次郎に教えてやれよ」

「教えなくて、い…────ァんッ！」

きゅっと乳首を抓まれて、竜城は悲鳴を放ちながらシーツに頬を擦りつけた。耳の下を舐め上げられ、たちまち全身から汗が噴き出す。

「まだまだ色気が足りねーな」

「あんたに言われたくないっ！」

遠慮も色気のかけらもない大男に横から茶々を入れられて、今回ばかりは戦うための拳を固めた。

だが、竜城がどれだけさまざまな感情と葛藤していても、龍一郎は呑気なもので、片っ端から台無しにするのだ。

バスローブのベルトを拾い上げると、あろうことか龍一郎はそれを竜城の手首に巻きつけて、自由を奪ってしまったのだ。背中に回された両腕では、抵抗なんてほとんど出来ない。拘束されてしまったことで、竜城の中に残っていたわずかなプライドもアッという間に萎えてしまった。

龍一郎が服を脱ぎ捨て、ベッドへ仰向けになった。「乗れ」と顎をしゃくられて、ついに竜城の抵抗も底を尽きた。

この兄弟には、なにを言っても効き目がない。抵抗じたい無駄だったのだ。早く解放されたければ、終わらせるしか道はない。途中でやめるという術《すべ》を知らないのが極道という生き物なのだから。

悔しさに唇を噛みしめ、次郎を睨みつけたまま、竜城は震える足を自ら開いて龍一郎の上に跨がった。

「いい面構えじゃねーか。それなら龍一郎が惚れるのも頷ける」

「かといって竜城に惚れるんじゃねーぞ、次郎。コイツは俺のもんだ」

「わかってるさ。いいから早く可愛がってやれ、兄弟。自慢のワイフがサオを伸ばして待ってるぜ」

鵜呑みにした龍一郎が、竜城の脚の真ん中に両手を伸ばした。気持ちいいのとくすぐったいのと逃げたい気持ちと悔しさで、どうしても腰が逃げてしまう。ついには龍一郎に尻を叩かれ「さっさと来い」と叱咤《しった》されてしまった。

竜城は覚悟を決め、目を閉じた。

「一生怨んでやる…」

恨み言を吐いて歯を食いしばり、そそり立つ龍一郎の先端に窪みを宛がう。龍一郎の指によって襞を大きく広げられ、固い先端を咥えさせられた。

「く……っ」

龍一郎の手が股間から離れ、竜城の腰に添えられる。

「準備はいいぜ、竜城」

あとはもう、竜城が腰を沈めるばかりだ。竜城が自主的に動くしかないのだ。たとえ、どんなに屈辱的でも。

耳まで真っ赤になっているのを自覚しつつ、竜城は下唇を強く噛み、目を閉じ、泣きたい思いで腰を落とした。

いつも思う。

精神的に最も苦痛なのは、自分から腰を落として相手を喜ばせる、この体位だと。

腰を沈めた瞬間の格好は、この世で一番無防備だ。そのうえ今夜はうしろで腕を縛られている。なにひとつ隠すことが叶わない。

「う……っ」

泣けてくる。だが、涙を見られるのはもっと悔しい。

龍一郎は、竜城のすべてを次郎に見せることで「降伏」させようとしているのだろう。次郎を竜城に、竜城を次郎に。深い繋がりを持たせようとしているのだ。なぜなら、龍一郎にとっては、どちらもかけがえのない存在だから。

「見ているか、次郎」

「おお」

「キレイだろ、竜城は。え？」

「まぁまぁだな。酒の肴《さかな》に丁度いい」

龍一郎が鼻で嗤《わら》った。もっと乱れる竜城を次郎に見せたいのだろう、龍一郎が真下から力強く突き上げてくる。それはあまりに激しすぎて、竜城は途中からなにも考えられなくなってしまった。

「まぁまぁだとよ。悔しいか、竜城。だったら最上級のお前を見せてやれ」

「ぁん……っ」

乳首を揉まれながら揺さぶられ、体が蕩《とろ》けそうだった。ここまで狂わされているのに、龍一郎も次郎も、まだ足りないというのか。

だったら、見せてやる。

一体どれだけの覚悟で、竜城が極道に抱かれているのかを。

いくら次郎に嫌われても、龍一郎から離れる気はないことを教えてやる…‼

「腕…解いて」

要求すると、龍一郎はあっさり戒めを解いてくれた。自由になった両手で龍一郎の髪を乱し、頬を挟んで顔を近づけ、自分から龍一郎の唇に噛みつき、貪った。積極的な竜城に、龍一郎がニヤリと嗤う。

「俺を拒否する腕なら邪魔くせぇだけだと思ったが、やろうと思えば出来るじゃねーか」

弾む声。やっと龍一郎が信じてくれた。竜城はどこへも行かないと…逃げないと、ようやく安堵してくれた。

「愛してる、リュウ」

言ってみれば、じつは今日一番伝えたい言葉だったと気がついた。不測の事態で後回しになってしまったけれど、本当は、この言葉を連呼しながら貫かれる夜を探していたのだった。自分は。だからひとりでは放てなかったのだ。

気持ちと体が一致して初めて、自分を解放できるのだから。

「愛してる、愛してるんだ、リュウ…っ」

「俺もだ、竜城。愛してるぜ」

「なにもかも、龍のおかげだ。俺は、それが嬉しくて……っ」

「わかってるさ。虐めて悪かったな、竜城。ちょっとした嫉妬だ。赦せ」

「龍…っ」

繋がったまま、何度も何度もキスを交わした。

龍一郎が身を起こし、いつもの体位で責めてくれる。力強さに、竜城は酔った。上半身を仰け反らせ、遠慮なく声をあげて悶えた。

欲望に押し寄せられるままに腰を振り、汗で濡れた髪を振り乱し、固く勃起して弾むそこを、恥じらいを捨てて男たちの前に晒して啼《な》いた。

「ますます肝が据わってきたな。それでこそ、俺が惚れた乙部竜城だ」

「リュウ……」

「どんな状況でも、俺に対して貪欲になれ。俺に乞われれば、どんな状況下でも体を開け。それは俺への信頼の証だ。わかったな？　竜城」

龍一郎の下で喘ぎながら、竜城は何度も頷いた。

「もっと次郎を挑発してやれ、竜城。お前に情が湧くほどにな」

挑発にはまったく自信がないが、とりあえずアレはモアイ像だと思うことにした。

龍一郎の逞しい背に指を食い込ませ、口の端が切れそうなほど強く唇を押しつけた。積極的な竜城が嬉しいのか、龍一郎も、さらに濃厚に舌を絡ませてきた。

竜城が腹を括るたび、龍一郎は確信してくれることだろう。

こいつは逃げない、と。

それで極道たちが納得するなら、それでいい。竜城のプライドなど、彼らには一円の価値もないのだから。

夢中で腰を振り続ける竜城を、次郎が無言で眺めている。美味くも不味くもなさそうな顔で、男同士の情事を肴にボトルを傾けている。だが竜城を見る目は、ほんの少しだけ柔らかみを帯びたことだけは、確実に伝わってきた。

「………竜城っ」

掠れ声で、龍一郎がきつく眉を寄せた。ぐいぐいと腰を密着させながら、最もエクスタシーを得られる位置を探っているのだ。竜城は我慢できなくなって、龍一郎の頭を両腕で抱えた。早く欲しい。もう待てない！

「は…んンっ！」

突き上げられて、仰け反った。一番感じる体勢のまま、抉るように打ち込まれ、悲鳴を何度も放った。

悲鳴の感覚が短くなる。加速する、来る、くる……！

「ぁんっ、んっ、はっ、あっあっアッあ、あ……――」

「竜城……竜城……！」

「は…、ァん、ア、あ……――!!」

竜城は龍一郎にしがみついた。

太い首筋に唇を押しつけ、歓喜を存分に迸らせた。

◆◆◆

第一視覚教室と実習室で、竜城は今日から講義を受けることになる。

竜城を含め、十五人のクラスメイトが緊張の面持ちで着席している。竜城も内心ドキドキしていた。教室で授業を受けるなんて何年ぶりだろう。嬉しくて楽しみで、顔の筋肉が弛みっぱなしだ。

みんなはどんな様子だろうかと興味が湧いて、教室内に視線を彷徨わせた。と、栗林がこちらを見ていた。「おはよう」と挨拶してみたが、なぜか顔色が優れない。浮かれている竜城とは気配が異なり、どんよりしたオーラを纏っている。

どうした？　と目で訊いてみた。栗林がぽんぽんと自分の胸を叩いて、ダメです、どはかりに首を横に振っている。かなり緊張しているらしい。栗林は上がり症のようだ。

竜城は微笑み、大丈夫という気持ちを込めて頷き返した。

誰だってスタートに立つときは緊張するものだ。竜城くらいの年になると、これから始まることを予測してしまえるせいか、こういった席で固くなることはなくなった。だからじつは、胸をドキドキさせている自分が何気に嬉しい。緊張で青くなっている栗林も、微笑ましい。

始まるのだ。新しいことが。

ようやく夢のスタートラインに立てたのだ。

「えー、備品についての確認です。実習の際は、学内の備品を使用してください。刃物は、校内から持ち出さないように。基本的な調理器具は皆様のご自宅へ配送しますので、自宅での練習に活用してください。基本セット以外の器具が必要な場合は、ご自身で揃えてください。当校の購買部で注文すれば三割引で購入できます」

自宅に送付される基本セットには、竜城が前々から欲しかったトングが何種類も入っているそうだ。調理器具セットが家に届いた暁には、颯太と龍一郎に、なにを作ってやろうか。いままで作れなかったようなご馳走を振る舞ってやりたい。メニューを考えるだけでワクワクする。

どうやら竜城は、ずっと笑っていたらしい。説明を終えた教務の秋津《あきつ》が、「いい笑顔ですねぇ」と竜城に向かって言ったものだから、クラス中がドッと湧いた。がちがちに緊張していた栗林も笑っている。

恥ずかしかったが、楽しかった。

学校とは、こんなにも楽しい場所だったのだ。

学ぶというのは、これほどに幸せなことだったのだ。


秋津のあとに続いて、全員が実習室へ移動した。

いまちょうど本科の二年制クラスが実習中だそうで、見学させてもらうことになったのだ。もしかしたら、岸谷に会えるかもしれない。

「えー、本校の二階にもラウンジはありますが、ドリンクの自販機が数台置かれているだけです。レストランは併設されていません」

エ～と、どこかから不満の声が上がった。後方で誰かが手を上げた。

「学食、ないんすか？」

入学する八割の生徒から、毎年同じ質問をされますよと秋津が笑う。

「ここは調理師専門学校です。朝から晩まで、どこかで誰かが調理をしていますから、お腹が空いたときは、実習室を訪ねてください」

新入生たちがざわついた。俺たちってモルモット？　と誰かがジョークを飛ばしたから、またあちこちで笑いが起きた。よく笑う新入生ねぇと呆れる秋津まで満面の笑みだ。

「この突き当たりが実習室です。…あ、ほら！　いい香りがしてきたわ」

小ぶりな鼻をひくひくと動かす秋津の仕草がユーモラスだ。

「みなさん、おなか空いてますか～？」

空いてま～すと、いくつも声が上がった。竜城もお腹に手を当ててみた。まだ午前十一時にもなっていないが、図々しいくらいに空いている。朝まで離してくれなかった龍一郎のせいだ……と思い出したら、ポッと頬が火照ってしまった。

「あら、乙部さん。そんなに恥ずかしがらなくても大丈夫よ。あなただけじゃなく、みんな空腹みたいですよ」

勘違いされると、ますます恥ずかしい。

「耳まで赤いっすよ、乙部さん」

上がり症の栗林にまで心配されて、竜城はノートで顔を隠した。


「食事に来ました～」

慣れた様子で実習教室のドアをくぐった秋津に続いて、新入生も、全員が「失礼します」と挨拶してから室内に入った。

「うっす！」

威勢のいい返事が飛んできて、竜城は面食らってしまった。本物の飲食店にも負けない気合いが漲《みなぎ》っている。

湯気の中に立ってしきりに両腕を動かしている白衣姿は、生徒たちだ。数えてみたところ、八人。全員が帽子を被っている。指導側も同じような格好だが、帽子ではなく五分刈り頭に鉢巻きという出でたちだ。

「今日のテーマは、なんですか？」

バインダーを胸に抱えた秋津が、五分刈りの指導者に訊いている。

「ああ、秋津先生。今日はスープ実習ですよ。スープに合う具材も課題でしてね。個性が出ていて面白いですよ。よさそうなの食ってやってください」

「あらあら、八種類のスープから選べるんですか？」

それを聞いて、竜城の腹がきゅるる…と鳴った。ぜひとも全部試食したいのだが、残念ながら胃袋はひとつしかない。

「早速いただいていいかしら」

帰ってきたのは、またしても、うーっす！　と威勢のいい返事。

「じゃあ新入生のみなさんも、自由にいただいてください」

秋津が各調理台を回り始めた。「どこにしよう」とみんなは迷っているようだったが、竜城は迷わず一番左の調理台に向かった。帽子を被っていないから、最初は講師かと勘違いしてしまったが。

こんにちは、と声をかけると、岸谷が目だけを上げた。竜城を見て、「おう」と短い挨拶を投げ返してくれたのが嬉しい。竜城のことを覚えていてくれたのだ。

だが、短すぎる挨拶のあとの岸谷は、調理台を見据え、大きな手を黙々と動かすばかりだ。やっぱり彼は無愛想だ。でも、それも昨日ですっかり慣れた。

「食うか？」

「いただけますか？」

同時に発した声に、ふたりしてニヤリと笑いあった。

今日のスープも絶品だった。生姜ベースの酸辣湯《サンラータン》。だけど今日は麺ではなく、さらりとしたリゾットだ。

岸谷の盛りつけは、至ってシンプルだ。悪く言えば素っ気ない。だが竜城は、彼の表現に好感を抱いている。ごてごてと盛りつけたり、彩りばかりを気にして無駄な食材を散らすより、最大限の美味を引き出すことのほうが技術を要すると思うからだ。

今日のリゾットを堪能して、竜城はホゥ…と感嘆した。

ものすごく勉強しているのだろう。自分に厳しい性格なのだろう。そしてきっと、真面目で誠実で努力家だ。二日続けて彼の創り出す世界を味わって、つくづく感じる。

「あの…ごちそうさまでした」

「おう」

「今日のも美味しくて、クセになりそうです」

「どうも」

メニュー同様に言葉もシンプル。彼の言葉は、スーッと竜城の心に届く。

「あの。このスープのレシピ……教えてもらえませんか?」

「ダメだ」

ですよね…と肩を落としたら、そういう意味じゃないと睨まれた。

「自分の舌で素材を探れ。そのほうが勉強になる」

「あ……」

言われて竜城は目を丸くした。ごもっともだ。味覚を鍛える、いい勉強になる。

「昨日の乳麺もそうでしたけど、久々に、胃袋に染みこむような感覚を味わいました。すぐにでも、どこかの店のメニューに出来るんじゃないですか？」

お世辞でも誇張でもないことは、正確に伝わったらしい。じつは……と岸谷が声を落とした。大声では言えない理由があるのだろうか。

「知人の店で出してもらっている。コイツは、それのアレンジメニューだ」

えっ！　と竜城は目を見開き、思わず腰を上げていた。

「そそそそその店、どこにあるんですかっ！」

竜城の剣幕に驚いたのか、あの岸谷が一歩下がった。

私服の岸谷は、料理同様にシンプルだった。黒いTシャツに黒いパーカー、下は、色の落ちたデニム。顔つきが似ているせいか、発達した上半身の筋肉までが否応なく次郎と被る。

　だが、持っているモノが包丁かドスか、その違いはかなり大きい。ということは、次郎に包丁を持たせたら料理人に見えるだろうか。………食材が哀れだ。

「どうした?」

「え?　あ…いえ。なんでもないです」

　竜城は笑顔で誤魔化して、岸谷の顔から視線を外した。

　思えば、こんなふうに友人と会話するなんて、ホストクラブ以来ではないだろうか。新しい友人を持つことも、旧友に連絡をすることも、竜城が避けていたからだ。

　その理由は、龍一郎と知り合ってから、他人に関わってはいけないという気持ちが強く働いてしまっていたから。

　だけど、岸谷は違う。体も心も人一倍頑丈に感じられる。岸谷なら、少々のことがあっても平然と対処できるような気がするのだ。

　それにやはり、せっかくキャンパス生活が始まったのだから、友人くらい作っても罰は当たらないと思う。竜城だって同じ話題で盛り上がれて、一緒に成長していけるような仲間が、本当はずっと欲しかったのだから。

　いい友人になれたら、嬉しい。

岸谷も同じように思ってくれたら、もっと嬉しい。


「乗れよ」

うしろを顎で示されて、竜城はその場で固まった。

バイク……巨大なナナハンに乗るのは、この年にして初体験だった。

学校のコミュニティ・ルームにいくつか放置されていたヘルメットをひとつ拝借し、渡された時点で、バイクを想像しなかったわけではないが、まさか、こんなに大きいとは。

固まっている竜城に、岸谷がライダーズ・ジャケットを突き出した。

「スーツでは寒い」

「え……っ」

いい具合にくたびれた、ビンテージのレザー。さっきまで岸谷が羽織っていたものだ。

「でも、それじゃ岸谷さんが…」

「俺のことはいい。それより、お前に風邪をひかせるわけにはいかない」

「……って、どうしてですか？」

「明日から授業だろ。休むと勿体ない」

「授業料がですか？」

「それもあるが、授業の内容もだ。最初の基礎を聞き逃すと、差がつくぜ」

岸谷の言葉には妙な説得力がある。気づけば竜城は、すんなりと了承していた。

礼を言い、竜城は岸谷の大きすぎるレザージャケットに腕を通した。レザーの匂いに混じって、ほのかに岸谷の香りがする。なんとなく嬉しくて、顔の筋肉が弛んでしまった。

「若いのに、しっかりしてるな……」

無意識に呟くと、不思議そうに「誰が？」と訊かれて、目の前の長身を指さした。

乙部のほうが若いだろ？　と目を丸くされ、え？　と返すと、えっ？　と顔を近づけられて、しばらく路上で見つめ合ってしまった。

「まさか俺より年上なのか？」

「俺と同じくらいですよね？」

疑問を投げたのも同時なら、真実を知ったのもまったく同時。

二十二だと言われたから、二十六ですと返したとたん、ふたり同時に噴き出していた。

おかしくておかしくて、竜城は笑いながら岸谷の固い胸板に拳骨を押しつけた。岸谷はといえば竜城の肩を引き寄せて、髪をくしゃくしゃに乱してくる。

「絶対に、俺より乙部のほうが若く見える」

いまみたいに笑っていれば、岸谷だってじゅうぶん若いよ…と竜城は返した。

「それにしても、まさか四つも下だったなんて」

竜城の年齢を知っても、岸谷の態度に変わりはない。それがまた気楽でホッとする。

でも竜城には、ひとつだけ変えたいことがあった。

「タメ口でいいですか？　岸谷先輩」

「もちろんだ、後輩」

「ありがとう、先輩」

「乙部、若すぎないか？」

「岸谷が老けてるんだよ」

笑って額を小突かれた。一言一言が新鮮で愉快だ。

間違いなく、いい友達になれる。竜城はそう確信した。

「乗れよ、乙部」

「うん、ありがとう」

促されて、竜城は大きなバイクに跨がった。ドドドド……と唸《うな》るエンジンに少しばかり緊張する。でも、シートは暖かい。見た目よりずっと、バイクは暖かい乗り物だった。

外見は怖いけれど、実際に乗ってみると、どっしり安定しているナナハンは、岸谷と似たもの同士だ。

「しっかりつかまってろよ」

岸谷がエンジンを噴かした。竜城は岸谷の腰に両腕を回した。ジャケットを奪ってしまった分、竜城が体を密着させていれば彼だって寒くないはずだ。だから竜城は、広い背中に自分の胸を押しつけた。

新宿から西へ向かう道のりも、まったく不安はなかった。

岸谷の背中が暖かくて、安心できたからに違いない。


途中、咲子とデートしたことのある吉祥寺《きちじょうじ》の街を抜けた。

このあたりまで来ると、ビルもないのに車道に影が差していることに気づく。街路樹が多いせいだ。

訪問があと二週間ほど早ければ、満開の桜の下をバイクで駆け抜けるという贅沢な時間を楽しめただろうに。惜しいことをした。

到着する五分ほど前から、どこにでもあるチェーン店の看板たちが都心と比べて減っていることに竜城は気づいていた。信号待ちで目を惹かれたのは、なんとガードレールにずらりと並んだ本物のフクロウだ。カラフルで巨大なオウムもいる。

すごいね、と竜城が指を差すと、岸谷が数回頷いた。

ペットショップなのだろうが、首輪をつけたミニザルやらカメレオンやらが歩道で客と戯れる店なんてものは、都心ではまず有り得ない。……普通でも有り得ないだろうが。

しばらく走ると、昔ながらの外観の喫茶店や食堂も見つけた。学校の前には個人経営の弁当屋やラーメン屋、三階建てのビルにびっしり張りついた蔦《つた》。洒落た店構えの雑貨店もある。

重そうなエナメルのスポーツバッグを斜めに提げた制服姿の学生たちが、パンにかじりつきながら横断歩道を渡っている。その間を、大きなランドセルを背負った小学生たちが駆けてゆく。颯太もこんな風に学校生活を送っているだろうかと思うと、自然に笑みが零れてしまう。

ギターケースを背負った女子生徒が、点滅中の信号に気づいてダッシュした。そのうしろから、まるで栗林の頭そっくりの団体…間違いなく野球部だ…が、彼女を追い越していく。最後尾の男子生徒が、なんでもないことのように女子生徒のギターを持ってやり、横断歩道を渡る光景には、この歳になっても胸がときめいてしまった。

青春だなぁと、竜城は岸谷に聞こえないようヘルメットの中で呟いた。

自分が高校生だったとき、どんなふうだっただろう。部活に憧れはあったけれど、放課後は毎日アルバイトに費やしていたから、竜城には大学に入るまで、部活動の経験がなかった。ただ働いていた記憶しかない。もっと高校生活を満喫したかったと、いまさらながら切なくなる。

初めて訪れる街なのに、説明できない郷愁が竜城の胸を締めつけていた。

車道の信号が青に変わる。バイクは再び走り出す。

外壁いっぱいに可愛らしいイラストが描かれているのは、イートインのベーカリーか。

ここは決して都会ではない。お世辞にも賑わっている印象はない。だが、どこでも見かける派手な看板が確実に少ないこの街は、もしかしたらどこよりも自立した街なのかもしれない。


岸谷がバイクの速度を落とした。ゆっくりと左に傾けて、駐車場にバイクを停めた。

岸谷がヘルメットを外す。竜城もそれを真似てバイクから降り、外気を思いきり吸い込んだ。

「運転ありがとう。疲れただろ?」

労《ねぎら》ったつもりだったのに、「この程度の距離は日常だ」と淡々と返されてしまった。

「岸谷スペシャルを置いてる店って、ここ?」

「そうだ」

都会のビルにありがちな、ビルの貸店舗などではなかった。敷地を贅沢に使った平屋造りのカフェは、ガレージにテントを被せたような、個性的な外観をしていた。

壁面には、太い刷毛《はけ》で書かれたのだろう○の中に café の文字。岸谷によれば「まんまるカフェ」と読むのだそうだ。

ガラスのドアを押し開けて店内に入り、竜城は無意識に深呼吸していた。

実際には樹木が茂っているわけではないが、テーブルやイスは籐製品《とうせいひん》。ベンチや壁もレジカウンターも、全てが自然素材だから、森林浴かと錯覚する。

いらっしゃいませ、と微笑みかけてきたスタッフ…名札によると樫木《かしき》さん…が、竜城のうしろに立つ岸谷を見上げて「あら」と笑った。

「岸谷くん、素敵なカレと同伴出勤ねぇ」

「なんすか、それ」

年上の樫木にからかわれている岸谷は初々しくて、間違いなく竜城より年下だ。なんだか岸谷の弱点を見つけたようで、嬉しくなってしまった。

「初めまして。乙部です。今月から、岸谷くんと同じ学校に通っています」

よろしくお願いしますと頭を下げて、正直な感想を口にした。

「気持ちのいい内装ですね。中に入って、空気の質が一変しました」

樫木に話しかけているのに、うしろの岸谷が「だろ?」と自分のことのように胸を張った。

「週三でバイトに入っている俺でも、毎回そう思う」

は? と竜城は目を丸くした。ニヤリと岸谷が唇を曲げる。

「お客様、ご注文をどうぞ」

あの岸谷が腰に手を当て、竜城に向かってうやうやしくお辞儀をしたのだ。

これはもう、竜城でなくとも爆笑するだろう。

「似合わない」

笑って言うと、ゴン、とゲンコツを食らってしまった。


今日は「お客」として。いつもは「厨房アシスタント」として。二通りの過ごし方で岸谷はここに「根づいて」いるそうだ。

オーダーは岸谷に任せて、竜城はメニューブックを興味津々で眺めた。ランチ時間だけに登場する「まんまるプレート」が、このカフェの人気メニューらしい。地元の野菜や素材を使ったセットだ。ご飯は白米、玄米、十八穀米から自由に選べるようだ。

ひととおり目を通し、感心して一息ついた。

「まさか、カフェでバイトしてるとは思わなかった」

ゆったりした籐の椅子に背中を預けた岸谷が、水をひとくち飲みながら「なぜだ?」と首を傾げた。だって…と竜城は苦笑いして、小ぶりなグラスを両手で包んだ。

「昨日、俺がカフェを経営したいって言ったとき、不思議そうな顔してただろ?」

「ああ、あれか」

ふ、と笑った岸谷が、水のグラスをテーブルに戻して言った。

「平山調理師専門学校へ来て、カフェを経営したいなんて言うのは、俺ぐらいだと思っていたんだ」

「ってことは、岸谷も?」

「ああ。卒業したら、この店の厨房に入る予定だ。だから最初は、講師たちに散々イヤミを言われたよ。なにしに来た? とね。少しでも甘い部分を見せたが最後、これだからカフェ野郎は! ってな。かなり厳しい対応だった。でもいまは…」

「いまは?」

「いい根性だって、認めてもらってるよ」

ホッとしたら笑みが零れた。岸谷は自分の力で、あの一流の講師陣を納得させ、黙らせたのだ。中途半端な気持ちでは出来ないことだ。

と、そこへ樫木が木のトレイをふたつ手にしてやってきた。

「はーい、お待たせしました。本日のまんまるプレートと、岸谷くんスペシャルでーす」

「え、ほんとに岸谷スペシャルって名前なんですか？」

「勘弁してくれ。ホントはまんまる・ヌードルだ」

「はーい、まるヌーでーす。これ、すごい人気なの。いま、いろんな麺をチョイスできるよう試作中なの。ね、スタッフ見習いさん。新作のプレゼン待ってるわよ」

「……はいはい」

だるそうに返しているが、岸谷もまんざらではなさそうだ。

竜城は心から岸谷を羨んだ。学生でありながら、早くも自分のオリジナルメニューで客を喜ばせているなんて。自分も早く岸谷のように、自分の創作メニューを店に出してみたい。そのためにも、頑張らなければならないことがたくさんある。

道は険しいが、遠くはない。努力すれば必ずそこへ辿り着ける。なぜなら竜城の目の前には、岸谷という最高の手本がいるのだから。

岸谷ってすごい…と感嘆を漏らすと、不愉快そうに眉を寄せられた。

「すごいのは、金を払って食ってくれる客のほうだ」

「客…？」

「そうだ。メニューだけ見て、これをくださいと注文する。それは、ある意味バクチだ。そのバクチをアタリにして返すのが、俺たちの役目であり責任だ。毎回アタリなら客は来る。客が来るおかげで俺たちは食っていける。だから、すごいのは客のほうだ」

岸谷という男は、どこまで人を驚かせたら気が済むのだろう。

そして、なんと壮大で豊かで、魅力に溢れた男なのだろう。

「岸谷…」

「あ？」

「お前って、いい男だな」

正直に言っただけなのに、珍しく岸谷が赤面した。

まんまるプレートの詳細は、こうだ。

地元野菜の素揚げ……蓮根、人参、人参の葉、大根、おくらの酒粕ディップ添え。ナスのお浸し、小魚の南蛮漬け、カブときゅうりとトマトのミルフィーユ風。竜城は玄米おにぎりを、岸谷は十八穀米をチョイスした。

そして汁椀に「岸谷スペシャル」とくれば、非の打ち所のないセットメニューだ。

見た目は、いくぶん量が少なめに見えたが、食べてみたらとんでもない。歯ごたえのあるものばかりだから終盤は苦しくなったほどだった。

竜城は大満足で箸を置き、ごちそうさまと両手を合わせた。

ちょうどのタイミングで、カボチャと北海道小豆のプディング・豆乳クリーム添えと、有機コーヒーが運ばれてきた。とても美味しいプレートでしたと感謝を伝えると、樫木は嬉しそうに一礼して、厨房のカウンターへ引き返した。

「侮《あなど》れないだろ? カフェも」

「同感。このカボチャも美味しいよ。そのまま入ってるんだね」

「裏ごしせず、しゃもじでザクザク混ぜるんだ。本物のご馳走ってのは、素材の良さを最大限に引き出した料理を指すと俺は思っている」

いいな、と竜城は眼を細めた。なにがって、こんなにも有意義で勉強になって心が温まって、やる気を引き出してくれる会話ができることが、だ。尊敬できる友人を得られたことは、竜城にとって一番大きな変化であり出来事だ。

「乙部は将来、カフェを経営するんだったよな」

「あ、うん」

「大手への就職じゃなく、カフェに決めた理由はなんだ?」

訊かれて竜城は、うーん…と言葉を探した。

「それが素《す》の自分だから、かな」

　思い出して、ふふっと竜城は笑ってしまった。

「昔ね、よく夕飯のおかずに三個百円のコロッケを買ってたんだ。でもあるとき、その百円すらサイフになくて。仕方なく一個二十五円のじゃがいもを三個買って、冷蔵庫に残ってた野菜の端っこを刻んでかさ増しして、コロッケを作ったことがあるんだよ。こんな夕食で申し訳ないと思っていたら、弟が、おいしいって喜んでくれたんだ。もう、嬉しくて嬉しくて…」

　あのとき颯太は何歳だろう。母が亡くなって間もないころだから、まだ四歳になったばかりか。当時の颯太は、あまり笑わない子だった。それでも竜城が作ったご飯を食べるときだけは、目が隠れるほど笑顔になって、おいしいおいしいと何度も言ってくれたのだ。

　颯太が食べてくれるから、喜んでくれるから、笑ってくれるから、竜城は台所に立つことがまったく苦にならなかった。それどころか、もっと作れるようになりたいと願った。もっと颯太の笑顔が見たいと思った。自分が作ることで颯太が笑ってくれるなら、毎日作り続けよう、そう決心した。

　もしかしたら料理人への憧れが芽生えたのは、あのころだったのかもしれない。

「弟がいるのか」

ぼんやりしていたようだった。岸谷の声にハッとして、竜城は苦笑で頷いた。

「何歳だ?」

「ちょっと年が離れてて、いまちょうど十歳なんだ。小学校五年生だよ」

「まだ小学生の弟に、乙部が食事を作っているのか? 親はどうした」

訊かれて竜城は苦笑いした。三個百円のコロッケの話題を口にしてしまったのは、竜城なのだ。そんなものも買えない暮らしに興味が湧くのは当然だろう。

「親はいないんだ。…あ、えーと…じゃなくて、颯太の養父はいるんだ。でも……」

「養父?」

ややこしいことになってきた。どう説明すればいいのだろう。

なにから話せばいいのか頭がこんがらがってしまい、竜城は言葉を整頓すべく、口元に拳をあてて一旦黙った。と、岸谷がふいに「わかった」と頷いた。

「お前は正直すぎるな」

「……え?」

「訊かれたことを全部話す必要はない。適当に流せ」

岸谷らしくないセリフだった。竜城が口ごもってしまったことを気にしているのだろうか。だとしたら逆に申し訳ない。竜城はただ、どう説明しようか迷っただけなのだから。

「流すほうが難しいよ。っていうか、岸谷なら同情することもなく、普通に納得しそうな気がするから、話すのは別に苦じゃないんだ。それに…」

「それに？」

「ここまで聞いたら知りたいだろ？　岸谷だって。そういう顔してるよ」

ほんとにお前は正直だなと、岸谷が呆れたように眉を跳ね上げた。


六年前に母親を病気で亡くしたこと。父親の異なる弟・颯太と、ふたりでアパート暮らしをしていたこと。

そして運よく……そう、非常に運よく、颯太の養父になってくれる人が現れて、いまはその人と三人で暮らしていることまでを話した。

訊かれたからではなく、岸谷には話しておきたくなったのだ。ただ、その養父と竜城との関係については絶対にシークレットだが。

「…俺が求めているものは、颯太の笑顔を見たくて作るコロッケやカレーであって、決してホテルで出すような、豪華な食材で作る高級料理じゃないんだ。颯太が懸命にお箸を使って、口いっぱいに頬張って笑う素朴なコロッケが、たぶん俺の原点なんだよ。だから俺はカフェがいい。不格好なコロッケに、俺の嬉しかった思い出や気持ちを込めたい。食べた人が思わず『おかわり』って言ってくれるような、気さくで身近な店を開きたいんだ」

気がつけば、岸谷はじっと竜城の話に耳を傾けてくれていた。ハッとして岸谷を見ると、なんともいえない穏やかな表情で、少し口元に微笑みを滲ませて、竜城のことを見つめている。どうにも照れくさくて、竜城は慌ててコーヒーを飲み干した。

「あー、なんか重い話になっ……」

なっちゃったねと、笑って空気を変えようとしたのに。

大きな手が竜城のほうへ伸びてきて頭を撫でたものだから、ついギョッと目を丸くし、身構えてしまった。

「あのな、乙部。そこは流さなくていい」

「……っ」

言われて竜城は、絶句したまま岸谷を見上げた。

どうして彼は、竜城の心を正確に読み取ってしまうのだろう。

こういうのを、波長が合うというのだろうか……？

「わかりやすい性格だな、乙部は」

「岸谷って、人の心が読めるのか？」

またしても同時発言だ。互いに目と目を見合わせて、同時にプッと笑ってしまった。

クスクス弾んでしまう笑い声を冷たい水で落ち着かせてから、岸谷がぽつりと言った。

「ここへの就職が決まっていなければ、お前と店を構えたかったな」

一瞬――ほんの一瞬。

いま生きている道とは異なる世界が、竜城の脳裏に未来を描いた。

岸谷の隣で厨房に立つ未来の自分を思い描きながらも、手の届かない憧れだから惹かれるだけだと、冷静に自分を諌《いさ》められたことに、竜城は胸を撫で下ろした。

だからこそ、竜城は彼に伝えることにした。龍一郎にも説明済みで、すでに了承を得ているプランを。

「じつは、一緒に店をやろうって前々から相談してる子がいるんだ。昔、コーヒーショップで一緒にバイトしてた、短大の栄養学科を卒業した女の子なんだけど…」

「女？　お前の？」

まさか、と竜城は笑い飛ばした。コーヒーのお代わりを注いでもらい、二杯目をゆっくりと堪能しながら、咲子のお団子ヘアを思い出して眼を細めた。

「親友だよ。すごく気が合うんだ」

なにもおかしいことは言っていないはずなのに、数秒ほど岸谷との間に壁が出来たような気がした。

なに？　と、不審に思って目で訊くと、岸谷がテーブルに片肘を突いて竜城の目を覗き込んでこう言った。

「お前、ホモだろ」

ブ――――――ッ……と。

コーヒーを口から噴き出さなかった竜城の根性を褒めてほしい。

口の中のコーヒーを必死になって呑み込んだら、ゴホゴホゴホと噎《む》せてしまった。大丈夫かと背中を叩くくらいなら、そんな冗談、言わないでほしい。

「なっ、なな、なんで俺が、ホ…」

恐ろしくて、その単語を口に出来ない。言ってしまったら、ゆうべのことまで芋づる式に見抜かれてしまいそうだ。

竜城を脅かしていることも知らず、岸谷が平然と言ってのける。

「女と親友になれるのは、よほどの鈍感かホモだけだ」

そうなんですか？　と目で訊けば、そうなんですよと目で返されて、竜城は少しばかりへこんでしまった。

気の利いた弁解ひとつできずに黙ってしまった竜城を、岸谷はどう思っただろう。

まさか、颯太の養父との関係を見透かされてしまっただろうか。

そんなことはない……と信じたい。

その日以来、竜城は一日の大半を岸谷と過ごすようになっていた。

正門を抜けると、必ず駐輪場を見てナナハンが停まっているかを確認するし、停まっていれば自分のクラスへ向かう前に、二年制クラスの教室を覗いてみる。授業が重ならない時間には、岸谷も竜城のクラスにふらりと寄っては、そのまま授業を受けていくときもあった。

この学校は多方面においてフランクで…悪く言えば適当で、一年制クラスの授業を二年制クラスの生徒が受講していても、誰も不思議に思わないし、講師も注意をしないのだ。それどころか「この問題は去年も教えたから、先輩に答えてもらおう」などと言って、わざと岸谷を指したりする。それがまた楽しくて、授業はつねに盛り上がった。

授業が終わっても、休憩時間には仲間同士で料理の話をした。栗林や他の同期も混じって、失敗しない温泉卵の作り方や、某牛丼チェーン店の味そっくりな牛丼の作り方などを教えあったり、教わったり。このとき話の中心になるのは、やはり実際に厨房で働いている岸谷だった。

かつて想像したことがないほど、毎日が楽しかった。

家へ帰る時間が近づくと寂しさを感じるほど、遅咲きの学生生活を満喫していた。


「あ。また乙部さん、笑ってる」

視覚教室への移動中、後を追いかけてきた栗林から廊下で指摘されたときも、竜城は自分が微笑みながら歩いていたことに気づかされて苦笑いした。

「また笑ってた？」

「はい、やっぱり今日も笑ってました。うしろからでもわかるくらい」

恥ずかしくて、竜城は何度も頬を摩《さす》った。だが、摩るそばから頬が弛む。

入学から一カ月、毎日竜城は会う人ごとに言われるのだ。「毎日嬉しそうですね」とか、「いつも笑顔だよな」とか。

もちろん竜城は否定しない。なぜなら、本当のことだから。

毎日が楽しすぎるせいだ。充実という言葉を体感し、実感できているからだ。

生きているという手応えがある。自分はいま、自分の人生を生きている――――。

「どうしてそんなに余裕なんすか？　乙部さん。俺なんて、さっきの栄養学のカロリー計算書き写すだけで頭パンパンで、こんなんで一年保《も》つのかどうか…」

口を尖らせる栗林がおかしくて、竜城はまた笑ってしまった。

「勉強することがたくさんあるって、幸せだよね」

「驚異的に前向きっすね、乙部さん。つーか、前のめりっつーか前倒しっつーか…」

「前のめりと前倒しは、あんまり嬉しくないな」

栗林と盛り上がりながら教室に到着すると、竜城は迷わず最前列に教科書を置いた。栗林はしばらく迷ったあと、「一番前は、ちょっとなぁ」とブツブツ言って、竜城の斜めうしろのポジションに納まった。

座ってうしろを向き、竜城は栗林に話しかけた。気持ちが弾んで、まだ言い足りない。

「毎日夢の中にいるみたいで、朝目覚めたときからワクワクしているんだ」

「毎日…夢の中、っすか？」

「うん。こうして学校へ通って、知らなかったことを教わって、ひとつひとつ知識が増えていくのって、ものすごく恵まれてるなと思うと、ただそれだけで嬉しくてね。ここにこうして座っているだけで顔がニヤけてしまうんだ。毎日が、夢みたいで」

「いまが夢なんすか？」

「ん？」

見れば、栗林が不思議そうに首を傾げて竜城を覗き込んでいた。

「夢を実現させるために学校へ通ってるんじゃなくて、学校で勉強することが乙部さんの夢なんすか？」

訊き返されて、竜城は返答に戸惑った。

周囲が一斉に立ち上がる。講師がやってきたのだ。竜城も姿勢を直して前を向き、起立して一礼した。

「よーし、では本日の授業を始めます。テキストの二十ページを開いて……」

テキストを開きながら、竜城は栗林に言われた言葉を頭の中でなぞってみた。確かに、言われてみれば矛盾している――ようにも感じる。

なぜ専門学校へ通いたいと思ったのか、その発端を辿ってみれば、栗林と同じく「夢をつかむため」のはずだった。いまももちろん、将来の目標は変わっていない。だがそれ以上に、今日この教室で授業を受けているだけで幸せだと満足している自分もいる。

ここで満足してしまうのは、違うとわかっているけれど。

中学時代は、友人と過ごす時間も少なからずあったと記憶している。だが高校へ行くと同時にバイト漬けの生活に突入したから、バイト先でパート社員と話はしても、クラスメイトと年相応の話で盛り上がった経験は一度もなかった。中退した大学でも、しかり。

自分がこんなにも同年代の友人に餓えていたとは知らなかった。もともと自分は進んで友人を作るタイプではないと思っていたが、いまにして思えば、環境がそうさせていただけかもしれない。

友人が欲しかったのだ、ずっと。他愛のない会話や、未来について語り合える仲間や相談できる場所が、本当は以前から欲しかったのだ。

その場所を手に入れたいまだからこそ、わかる。

竜城の毎日は、いま最高に光り輝いていると。


本日「まんまるカフェ」の厨房は、岸谷がひとりで死守するそうだ。

じつは竜城は、この日を何日も前から楽しみにしていた。

ちょうど颯太が通う小学校も系列大学の野球の試合観戦日で、帰りは遅くなるらしい。児童の解散場所までノブが迎えに行ってくれるから、今日は夕方まで自由だ。

まんまるカフェで、久々に岸谷のまるヌーを味わいたい。だからランチも少なめで我慢したのだ。胃袋もやる気満々である。

「今日こそ、まるヌーのスープの秘密を暴いてやる！」とバイクのうしろで竜城が叫べば、

「暴けるもんなら暴いてみろ！」と岸谷が咆吼《ほうこう》する。

「もう限界！　お腹空いた！」

「急《せ》かすな！　事故る！」

事故など起こされては一大事だ。竜城は岸谷にしがみつき、安全運転を祈るのだった。

無事に到着しますように。早く美味しいご飯にありつけますように！　と。

厨房に入って包丁を握った岸谷は、学校で見ている姿より何倍も男らしく見えた。

どこから見ても一人前の料理人だ。竜城は案内されたテーブルから離れて厨房前のカウンターに張りつき、ずっと岸谷を観察した。

蓮根のフライを揚げながら、ムスッとして岸谷が言う。

「やりにくい」

ジュウッ…と、油が小気味のいい音を立てる。料理は美味しそうなのに、作っている男は仏頂面でいただけない。

「客は大人しく座ってろ」

「座ってなんかいられないよ。目の前で教科書が動いてるのに」

「俺は３Ｄ教材か」

フンと鼻を鳴らして、岸谷が口を噤んだ。照れているのだ。

どうすれば岸谷に「言い合い」で勝てるのか、竜城はこの一カ月半でその技を身につけていた。そう、褒め倒せばいいのだ。なぜなら岸谷は、面と向かって褒められることに慣れていないようだから。

「岸谷、かっこいい」

「黙れ」

「黙って仕事に没頭する姿が、いいんだよな」

褒め攻撃で岸谷を黙らせて、竜城は彼の手捌きや厨房の様子、材料の使い方などを目で見て学んだ。まるヌーのうまさの秘密は、どうやら材料ではなく作り方にあるとみた。その作り方を、今日こそは見抜いてやりたい。

「乙部さん、あと十分で岸谷くん休憩だから。一緒にまるヌー食べたら？」

一向に席に着こうとしない竜城を見かねたのか、樫木が腰に手を当ててクスクス笑った。

ハッと気づいて、竜城は「すみません」と謝罪した。ずっとカウンターに張りついているなんて、営業妨害も甚《はなは》だしい。厨房に心を奪われて、周囲が見えていなかった。

竜城はホールを振り向いた。いまちょうど、ベビーカーの二人連れが来店したところだ。そのままお入りくださ～いと、樫木が客を案内する。

と、まんまるプレートのフライが揚がった。もうひとりのホールスタッフは、一番奥のテーブルで接客中だ。

「岸谷。ここのエプロン借りていい？」

「ああ。どうした？」

「手が足りない」

備えつけの流しで手を洗うと、竜城はプレートを両手に持ち、岸谷にウインクした。

「岸谷のフライは冷めても美味いけど、熱々ならもっと美味いからね」

また口を閉じた岸谷が可笑しい。笑いを噛み殺しながら、竜城は「まんまるプレート、お待たせしました」と、待ちかねている客のもとへ運んだ。

ベビーカーの客のために席を整えていた樫木が、「あら、助かっちゃう♪」と語尾に音譜をつけて歓迎してくれた。お節介ではなかったようで、ホッとする。

すぐうしろの席の二人組が、「すみません、オーダーいいですか」と片手を上げて竜城を呼んでくれたのも、光栄極まりない。

メモする伝票を持っていないことに気がついた…が、以前働いていたコーヒーショップでは、オーダーはすべて暗記だったから問題なく対応できた。

カウンターへ戻ってきた竜城は、頭の中にメモしたオーダーを厨房の岸谷に伝えた。

「オーダー入ります。まるプレ2。玄米、五穀。おあとC、T、オールワン」

「あら」と喜んでくれたのは、戻ってきていた樫木だ。

「オーダーの入れ方、覚えちゃったの？」

もちろんです、と竜城は頷いた。サービスだけは誰にも負けない自信がある。

「一度聞けば、その店の特徴は掴めます」

竜城からオーダーを受けた岸谷が、横目で睨みつけて言う。

「お前、ここで働く気か？」

「それもいいな」

「あら、いいわね」

と盛り上がっているうちに、またドアがチリリン…と鳴った。と同時に、「いらっしゃいませ」と竜城は一歩踏み出していた。どうやらワーカー・スイッチが入ってしまったようだ。考えるより先に体が動いてしまう。

「いらっしゃいませ。三名様ですね。こちらのお席へどうぞ」

やはりサービス業は竜城の性に合っている。接客が、どうしようもなく楽しい。

「お持ち物は、こちらへどうぞ。みなさんでお使いください」

女性客たちの足元に荷物用の籐かごを置いて微笑むと、露骨に耳まで真っ赤にされてしまった。

「あっ、ありがとうございます！」

「どういたしまして」

「あの……、お兄さん、前からこの店にいました？」

「いえ、新人です」

きゃ、とひとりが両手で口元を覆った。竜城をちらちら盗み見ながら、何曜日に入っているのかと訊いてくる。

「じつは今日だけのヘルプなんです」

正直に答えると、「えーっ」と三人が残念そうに声を揃えた。

いま無性に、強烈に、欲求が湧いてしまった。

働きたい、と。

学校に通って颯太の面倒もきちんと見て、そのうえアルバイトだなんて、時間的に難しいことはわかっている。だが、それでも働きたいと思ってしまった。

もっとわくわくしたい。自分の生活を充実させたい。たぶん出来る。頑張れば絶対に。

龍一郎に相談してみよう。頭を下げて懇願すれば、もしかしたら…。

もしかしたら、「しゃーねえなぁ」と笑って許してくれるかもしれない。


時が過ぎるのも忘れ、竜城は夢中で動き回っていた。

久しぶりの労働は爽快そのもので、心と体が天高くまで弾んでしまい、なかなか地上へ戻れない。いや、出来ればもう少し飛んでいたい。まだ戻りたくない。

「あっという間に一日が終わっちゃったわ」という樫木のセリフで、「えっ！」と竜城は我に返った。

厨房の時計を見上げて、血の気が引いた。なんと六時を過ぎている！

「しまった、夕飯の支度しなくちゃ！」

慌ててエプロンを外す竜城に、岸谷が「駅まで送る」と厨房から出てきた。

「いいよ、走るから。岸谷は仕事をしなきゃ…」

「六時で閉店なのにか？　それより弟が待ってるんだろ。気づかなくて悪かった」

「岸谷は悪くないよ。俺がぼんやりしていたんだ」

「助かったわ、乙部さん。これに懲りずに、いつでも来てね。今日の労働分で向こう半年分、まるヌー無料にしてあげるから」

ラッキーと声を弾ませて、竜城はペコリと頭を下げた。

「今日は勉強になりました。ありがとうございました」

礼を言うのは当然だと思ったのに、樫木と岸谷から「逆だから」と突っ込まれた。


外へ出ると、薄闇が押し寄せていた。

こんな時間になるまで家を空けてしまったなんて。颯太はどうしているだろう。考えるだけで気が急《せ》く。

ノブがいるから大丈夫だとは思うが、お腹を空かせているかもしれない。龍一郎は……仕事が立て込んでいるようで、ここ一カ月ほどは深夜帰宅だ。アテにならない。

「……楽しすぎた」

独り言を呟いたはずだったのに、「みたいだな」と苦笑いが降ってきた。

「あんなに楽しそうに働くヤツは、見たことがない」

そう言って頭を撫でられ、胸のあたりがキュッ…と締めつけられた。

「この時間は冷える」

そう言いながら岸谷が、ライダーズ・ジャケットで竜城の背を包んでくれた。一体どこまで竜城を感動させるつもりなのだろう。岸谷は彼女……訊いたことはないけれど、絶対いると思う……にも、きっとすごく優しいのだろう。

「ここでバイト出来たらいいな」

勝手に口が動いてしまった。時間的に難しいだろ？　と岸谷に冷静に止められて、竜城は大人しく口を噤み、バイクのうしろに跨がった。

最寄り駅までは、バイクで数分だった。こんな短い距離なのに「登り坂だから」という理由で送り届けてくれたのだ。

あっという間に岸谷と別れる時間がやってきた。一分でも早く電車に乗るべきだとわかっているのに、うしろ髪を引かれてしまう。

そんな竜城の心を読んで、岸谷が慰めてくれる。

「気持ちはわかるが、バイトなら新宿で探したほうがいい」

先程と同じ理由で諭されて、竜城は大きなため息を落とした。

「……まんまるカフェだから、働きたいと思ったんだ」

バイトは諦めるよと、竜城は苦々しく笑った。心の中では、まだ未練がブスブスと音をたてて燻《くすぶ》っているけれど。

「これ、ありがとう。おかげで風邪をひかずに済んだ」

ジャケットを脱いで岸谷の背にかけると、岸谷が腕を通して、クンと鼻を鳴らした。

「お前の匂いがする」

「今日は動いたから汗かいたかも。臭かったら、ごめん」

「陽向《ひなた》の香りだ」

そんな言葉を返されると思っていなかったら、もしかしたら赤面してしまったかもしれない。

「また明日な」

伸びてきた手に、また頭を撫でられた。これは岸谷のクセなのだろうか。クセだとしたら、ちょっと困る。どんな顔をすればいいのかわからなくなるから。

「うん、また明日」

「颯太くんが腹を空かしてるぞ。急いで帰ってやれ」

「うん、ごめん。ありがとう」

ごめんは余計だと、また頭をポンとやられてしまった。やっぱりこれは岸谷のクセだ。

岸谷は、竜城がコンコースへの階段を登り切るまで、ずっとそこにいてくれた。

なにも悪いことなどしていないのに、改札前に辿り着いたときには、微笑みが顔から消えていた。

「帰らなきゃ」

自然に漏れた言葉には、なぜか義務感が漂っていて、自分でもギョッとした。

あまりにも楽しすぎた。少しばかり自分を解放しすぎたかもしれない。

学生に戻れたことも、友達ができたことも、なにもかも嬉しくて、年甲斐もなく浮かれすぎていたようだ。

自由時間が欲しくて学生になったわけじゃない。夢を実現させるためだ。それを片時も忘れてはならないのに。

でなければ、お金を出してくれる龍一郎に申し訳ない。

「夕飯の時間には、家に帰らなきゃ」

好きなことをさせてもらっているのだから、家族に迷惑をかけてはならない。

改札に向かう足を止め、竜城は踵《きびす》を返して構内のデパートに駆け込んだ。帰ってから作るより、こんな日は総菜を買ったほうが早い。

「地下でなにか買っていけば、帰宅後、すぐに食べられるよな」

三個百円のコロッケを思い出せば、竜城の眉も自然に下がる。たまには昔を思い出しながら、買ったコロッケを頬張るのもいいかもしれない。

エスカレーターで地下に降り、鮮魚コーナーを急ぎ足で素通りして……もちろん横目でお刺身の値段はチェックして、どれもこれも「いい値段」なことに少々面食らいながらコロッケのコーナーを探した。

この時間は、竜城のように「総菜」を買い求める客がいっぱいで、デパートの地下は大混雑だ。大半が女性客だが、そんな光景にはすっかり慣れた竜城である。

「あ、あった!」

やっとコロッケを発見した…のはいいけれど、同時に、松阪牛取り扱い店と書かれた看板も目に入って、顔が引き攣《つ》りそうになった。

他のコロッケを探すべく周囲を見渡すが、すぐうしろに誰かが並んでしまった。左右にも人が押し寄せている。夕方の繁忙《はんぼう》時間はコーナーの移動も容易ではない。

とりあえず値段を見てみよう…とショーケースに目を凝《こ》らしてみれば、なんとも美味しそうなヒレカツや串揚げたちが、黄金色に輝いて竜城に微笑みかけていた。ボールの形に揚げられたメンチカツは、思わず喉が鳴ってしまう。だが…。

「百六十円…?」

三個で、ではない。たったひとつがその値段なのだ。自分で作れば、この四分の一の金額で足りる。もちろん使われている材料も技術も味も違うからこその値段だとわかってはいる。だが、ある程度栄養があって、空腹が満たされて…とボーダーラインを引いてみたら、迷いが生じた。「今夜のメニューは、これじゃなくてもいいんじゃないか?」と。

「いらっしゃいませ。お決まりでしたら、どうぞ」

店員に声をかけられて、竜城はハッとして顔を上げた。と、うしろで待っていた女性客が、大きな声で注文を投げた。

「メンチ五つね。それと、アスパラ巻きを二本と、あと、こっちのロースを二枚」

「はい、ありがとうございます。一七七〇円です」

その金額を聞いたとき、竜城の足は自然に後退していた。

龍一郎と暮らして、もうずいぶんになる。高級料亭にも一流ホテルのレストランにも、たびたび連れて行ってもらっている。

それでも、違うのだ。少し頑張れば自分で作れるかもしれないものに対しては、「勿体ない」という気持ちがいまだに大きく働いてしまう。

結局、竜城は春巻きと青椒肉絲《チンジャオロース》を購入した。理由は、中華のコーナーで「タイムセールで全品半額」だったからだ。

締めて、七百円。メンチカツ五つより安い値段で二品買えた。でも、買ってから少しばかり後悔するのだ。春巻きだったら自分で作れたな…とか、揚げたてのほうがパリッとして美味しいよな…とか。

こんな性分だから、やはり一日も早く自分の店を持つしかない。

「しまった、時間食っちゃった…！」

急いで改札を抜け、ホームに降りて、停車していた東京行きの快速に飛び乗ろうとしたとき。

その視線に、竜城は気づいた。

振り向かなくても、正体はわかった。階段の下に体を半分隠して竜城を見ているのは、市ノ瀬組の構成員に間違いない。彼らが醸《かも》し出す気配は、誰も彼もそっくりだから。

彼に背を向けたまま、気づいていないふりを続けた。竜城は無意識に笑みを浮かべていたが、これは明らかに自嘲の類《たぐい》だ。

ありえないほど舞い上がっていたと、竜城は痛いほど自覚した。自分がどういう立場にあるかをすっかり失念していた。

竜城が走れば監視も走る。竜城の背後には、つねに監視の目がついて回る。

なぜなら、竜城はもう普通じゃないから。

市和会系市ノ瀬組の相談役であり二代目組長の息子、石神龍一郎の愛人なのだから。

龍一郎に恨みを持つ人物から命を狙われないとも限らない身なのだ。竜城をおとりにして市ノ瀬組に脅しをかけることも出来る、いわば「駒」にもなり得る体だ。

あの監視の目は、竜城と市ノ瀬を守るための目。決して反感を抱いてはならない。

でも……だけど。

今日は、とても疎《うと》ましい。

竜城が電車に乗り込むと、その気配も隣の車両に乗り込んだ。

仕方ないのだ、これぱかりは。監視だけはやめてくれと、いくら龍一郎に懇願しても、お前の命と組を守るためだと言われれば、それ以上は反論できない。

運転手つきのベンツで送り迎えなどされたくないと竜城が言ったから、龍一郎は電車通学を許可してくれた。そこでも竜城は浮かれていて、それによる影響を考えなかった。

竜城が電車に乗るということは、毎日のように市ノ瀬の構成員たちが、同じように電車に乗り込み、竜城の周囲に目を光らせなければならないということだ。

竜城のわがままのせいで、彼らの負担を増やしてしまった。

「今夜は中華…だよ」

暮れかける景色に視線を投じて、竜城はぽつりと独りごちた。

改めて、極道に拘《かか》わることの難しさを痛感してしまった。生まれたときからやくざ世界で生きていたら、この程度のこと……自分の軽率な行動が、組全体に迷惑を及ぼす可能性があることくらいは、ごく自然に念頭に置いて行動する術を身につけられただろうに。

とうに極道の世界に馴染んでいたつもりでいたけれど、完全には…どころか、まだまだ成り切れていなかったらしい。龍一郎の伴侶に。

せめて警護の構成員が竜城を見失うことのないようにしようと、竜城はドアの隅へ移動した。コーナーに座っているのは初老の女性。彼女が竜城の背中を刺すとは思えない。よって、この位置なら文句はないだろう。

ドアに凭《もた》れて、細いため息をひとつつく。龍一郎に報告したいことがたくさんあったはずなのに、全部どこかへ消えてしまったのが寂しかった。

「冷蔵庫に、なにが残ってたっけ」

そういうときこそ颯太の好きな、ふわふわ卵のスープを作ろう。ごま油を少し垂らして、風味をつけて。春巻きと青椒肉絲には、ブロッコリーとプチトマトも添えて。

恵比寿に到着すると、駅前に黒塗りのベンツが横付けされていた。

竜城が電車に乗った時間も到着時間も、すべて伝達ずみという証拠に他ならない。市ノ瀬組の情報力と統率力には敬意を表するが、半ば呆れる。

後部席のドアを開けてくれたのは、ノブやサスケではなかった。

「お帰りなさいませ、竜城さん」

「……繁さん？」

繁は本来、龍一郎専属の運転手だ。その繁をここへ遣《つか》わせたということは、すでに龍一郎はマンションに戻っているということだった。

「龍…、帰ってるの？」

「六時にマンションへお送りしました」

「六時って…そんなに早く？」

竜城はもう一度時計を見て、唾を呑んで絶句した。

もう、七時半を回っている。

竜城が留守だと知って、龍一郎はどう思っただろう。もしや憤慨しているだろうか。

一般家庭の母親なら、この時間は自宅にいて夕食の支度もとっくに済ませて、子供の宿題でも見てやっているのだろう。

竜城だって、いつもならこの時間は必ず家にいる。颯太の宿題を見てやりながら、そろそろ切り上げてお風呂にしようかと声をかけているころだ。

今日の竜城は極道の妻としてだけでなく、親としても失格だ。

「ただいま……」

室内を伺うようにして部屋へ入ると、リビングで龍一郎が颯太の宿題を見てくれていた。自分だけ楽しんでしまった後ろめたさが、ちくんと胸に突き刺さる。

「あ、たっちゃん!」

おかえりーと言いながら颯太がイスから降り、竜城に飛びついてきた。それを眺めていた龍一郎が、視線だけをよこして言う。

「遅かったな」

「……ごめん」

「いま何時だと思っている」

「………」

「今日の授業は昼までのはずだ」

弁解をするより先に、もう一度「ごめんなさい」と謝った。今度はきちんと頭を下げて。

颯太が心配そうに竜城の顔を覗き込んでくる。いつもと様子が違うことは、もうわかっているのだろう。

負い目があるとき、なぜこんなにも空気に重力を感じるのだろう。瞼をあげるのも息をするのも、妙にしんどい。

「気がついたら、こんな時間になってたんだ。本当にごめん」

「久々の学生生活だ。浮かれるのはわかる。だが、連絡はとれるようにしておけ」

「あ……」

龍一郎に指摘されて、竜城は失態に気づいた。たしか授業の前に携帯電話の電源を切って、そのまま忘れていたのだった。

今日は終日岸谷と行動していたから、電話やメールで彼と連絡をとりあう必要がなかった。だから携帯の電源をつける必要性を感じなかった……と、おそらく龍一郎に説明すれば憤慨されて当然の事情が頭を過《よぎ》り、なおさら顔を上げられず、竜城は足元を見続けた。

だがそれと同時に、反発したい気持ちが一瞬脳裏を横切ったのだ。連絡しなくたって、どうせ全部知ってるくせに、と。

「連絡もとれないような人間に、外出する資格はない。わかったな？」

竜城に監視をつけて、尾行させて、行動のすべてを把握しているはずだ。それなのに、なぜ竜城からの連絡に拘《こだわ》るのだろう。

「返事はどうした」

全部わかっているくせに。おそらくは、竜城がバイトを望んでいることも。だから竜城

は、止められる前に自分の気持ちを吐き出した。

「あの……龍。じつはお願いがあるんだ。バイトのことなんだけど…」

「バイトは禁止だ」

「でも、どうしても働きたい店があるんだ。とても勉強になるんだ。新宿からなら三十分だから、そう遠くはない…」

「ダメだ」

一刀両断。反対されたら、それで終わり。

どんなに竜城が「まんまる」で働きたくても、龍一郎に従うしかないのだ。

竜城は天を仰いだ。そして自分の浅はかさに苦笑いした。学生に戻れたからと言って、自由を得たと勘違いしていた自分がバカだったのだ。

どこにいても、なにをしていても、竜城が市ノ瀬組幹部の愛人であることに変わりはない。愛人などという言葉で自分の立ち位置を示すのは嬉しくはないが、傍目《はため》には、そういうことになるのだろう。

極道の愛人が学校に通う。だから構成員を警護に就かせる。愛人があちこち遊び回れば、トラブルに捲き込まれる危険性も高まり、それだけ警護の負担も増える。

竜城のトラブルは、市ノ瀬組の幹部・石神龍一郎の命をも獲《と》りかねない。だからこその

「監視」であり、「条件付きの外出」なのだ。大丈夫、ちゃんと理解はできている。

そんなリスクを負ってまで、龍一郎は竜城の通学を許してくれたということも。

冷静に考えれば、すべて納得できるし辻褄《つじつま》も合う。

要するに、それだけ竜城が冷静さを欠いた行動をとっていたのだ。外の世界に心を奪われ、自分の立場を忘れていたのだ。

竜城は教科書やノートの入ったデイパックを置いて、キッチンに入った。

「夕食だけど、今夜は総菜を買ってきたんだ。スープだけ急いで作るから…」

「もう食った」

え？　と竜城は眉を寄せた。信じられなくて颯太を見ると、ごめんね、たっちゃん…と小声で謝られてしまった。

「リューが三國《みくに》のおじちゃんに電話して、お寿司届けてもらったんだ」

「お前の携帯に連絡したぜ。電源は入っちゃいなかったがな」

ごめん、と竜城は謝った。自分は一体、今日何度目の謝罪を口にしているのだろう。楽しかった時間が遠い昔に思えてならない。

「一カ月半でコレとは、先が思いやられるな。え？　竜城よ」

棘のある言い方に、心が萎縮した。竜城は目を逸らしたまま、颯太の髪を何度も撫でた。

その自分の仕草が岸谷の手とオーバーラップした瞬間、楽しかった数時間前へと心を馳せている自分にギョッとした……が、もう遅い。

龍一郎に、表情を見られていた。

まるで、刃だ。

竜城の心臓にドスを突き立て、裂いて開き、中を覗こうとする鋭い目だった。

なにも訊かれていないのに、恐怖心からか勝手に口が動いてしまった。

「だから……謝ってるじゃないか」

返すと同時に後悔していた。こんな言い方、火に油を注ぐだけなのに。

悪いのは龍一郎ではない。自制できなかった自分だ。わかってるのに。

「颯太が学校から帰るまでには戻れるって話だったよなぁ。俺の聞き違いか？　え？」

龍一郎の声が低くなった。颯太が龍一郎を見つめたまま、竜城の服をぎゅっと掴む。

「リュー。どうして怒るの？　たっちゃんは、なにも悪いことしてないのに」

「庇《かば》う必要はない、颯太。竜城は約束を破ったんだ。もっと早く帰るのが親の責任ってもんだ。竜城はな、その責任を怠《おこた》った。だから怒ってるんだ」

「お…怒らないでよ！　だって、たっちゃんだって友達と話したいとき、あるんだよ。颯太だって、そうだもん。まだ家に帰りたくないいな。友達と遊んでいられたらいいなって思うときあるよ！　たっちゃんはいままで、毎日家にいてくれたよ？　颯太のために、たくさん我慢してくれたんだよ！　颯太だって、そのくらい知ってるんだからっ！」

「颯太…」

竜城は颯太の頭を引き寄せ、ぎゅっと抱いた。こんなことを颯太の口から言わせてしまうとは。身勝手な自分に涙が出そうだ。

「我慢なんかしてないよ…颯太」

そう、身勝手だった。学校に行って友達が出来て、新しい世界が眼前に拓《ひら》けて。たったそれだけのことでなんでも出来ると錯覚するなんて、勝手の極地だ。

竜城の世界は外ではなく、ここにある。友人を得たからと言って、自分を取り巻く環境は、なにひとつ変わるはずがなかったのだ。

竜城は颯太をそっと揺すり、微笑みかけた。

「今日はごめん、颯太。もう大丈夫だ。明日からは、ちゃんと夕方には家に戻るよ」

颯太が必死で首を横に振る。

「そんなに急いでご飯の用意しなくていいよ。たっちゃんが帰ってきたら、手伝うよ。一緒に作ろ？　ね？　今日は先に食べちゃってごめん。待ってなくて、ほんとにごめんね」

いたたまれなくなったのだろう。険しい表情で立ち上がった龍一郎が、キャビネットからバーボンを取り出し、立ったままグラスに注いで一気に干した。眉間には深いシワが一本刻まれている。

今日のことは全面的に竜城が悪い。だが理由はどうあれ、子供の前でケンカの引き金は引かないでほしかった。その点については龍一郎も、後悔しているはずだった。

颯太は竜城にしがみつき、龍一郎と竜城を交互に見ている。気まずいのか、龍一郎は颯太に背を向けたまま動かない。

竜城は颯太の髪を撫でた。おかげでようやく「学生の乙部」が抜け落ち、「颯太の兄」である自分が戻ってきたような気がして、内心ホッとした。

「颯太、宿題は終わった?」

「あと少しで終わるよ。あのね、リューの教え方わかりやすいんだよ。ね? 算数得意なんだよね、リュー。なんかね。学校の先生みたいだった。英語も少し教わったよ」

「そうか。やっぱりリューはすごいね」

「うん!」

竜城が龍一郎を褒めたことで、颯太も安心したのだろう。颯太の笑顔にホッとして、竜城はその背を押してやった。

「さ、続きは自分の部屋で済ませておいで。宿題が終わったら、お風呂だ」

「うんっ」

身を離し、颯太がテーブルの上のノートや教科書をまとめて抱え、足早にリビングをあとにした。バタン、とドアが閉まる。入れ替わりに、龍一郎がキャビネットに凭れたまま口を開いた。

「子供に聞かせたのは悪かった。だがな、竜城…」

「わかってる。これからは時間厳守で帰るよ」

「なんだ、その口の利き方は！」

竜城は驚いて目を瞠《みは》った。このタイミングで、なぜ怒鳴られたのかがわからない。謝ってもなお龍一郎の怒りが解けないことなど、いままで一度もなかったのに。

「龍、なにをそんなに…」

続く言葉を探してみるが、龍一郎の機嫌が治るような気の利いた言葉など、ひとつも浮かばない。龍一郎の怒りの元が見えないのだから、当然といえば当然だ。

「今日のことは、ホントにごめん。明日からは気をつけるから」

「時間さえ守れば、なにをしても許されると思ってるのか。え？」

どういう意味？　と眉を顰《ひそ》めると、チッと龍一郎が舌打ちした。相当苛立《いらだ》っている。

「明日からはノブに送らせる」

カチンと――きた。そこまで頑固に突き放される理由がわからない。

「これからは約束を守るって言ってるのに、どうして信じてくれないんだ？」

「信頼を取り戻したいなら、まずは言うことをきけ。信じる信じないは、それからだ」

「ま…待てよ、龍！　五年以上も俺を見てきて、いまさらなに言ってるんだ。今日一日の失態だけを取り上げて、そこまで疑うって…それ、どういう了見だよ。なにがあろうと俺の味方だと言ってくれたくせに。いまの龍のほうが、俺には信じられないよ」

「言うじゃねーか。自分のことは棚に上げてよ」

「棚にでも上げとかなきゃ、対等に話ができないだろ？」

「対等である必要がどこにある。あ？　テメェは俺の言うことを聞いてりゃいいんだ」

龍一郎の一言一言が、竜城を責めているのか突き放しているのか、案じているのか拘束しようとしているのか、わけがわからなくなってきた。竜城は何度も髪を掻き上げた。

「学校くらい、ひとりで行ける」

行ける。のではなく、行きたいのだ。自分の足で。この意志で。

自由に電車を乗り継いで、授業の合間に友人たちと談笑して、……終わったら、そう、まんまるカフェに顔を出して。

わかっている。もうしない。するわけがない。でも…――。

もしかして龍一郎は、そんな竜城の危うい揺れを見越して……見透かして、いつかそちらに重心が傾くかもしれない不安に対して苛立っているのか？

「ひとりじゃ危ねぇから言ってんだ。糸の切れた凧《たこ》は、どこへ飛んでいくかわからねぇ」

「それって、俺を心配してるわけじゃなくて…明らかに疑いだよね」

売り言葉に買い言葉だった。言い返したところで、なんの効果もない捨て台詞《ぜりふ》だ。

「信用できない人間と、よく一緒に五年も暮らしてるよ…」

殴られてもいいと思った。だが、龍一郎は殴るどころか、笑ったのだ。

「岸谷か。いい男じゃねーか」

「……――え？」

「ずいぶん気が合うようだな」

いきなり眼前に突きつけられたのは、龍一郎の携帯だった。携帯のディスプレイに映し出されていたのは、なんと岸谷の横顔だった。横顔だけではない。何枚も何枚もある。

「岸谷勇一《ゆういち》、二十二歳。身長百九十一。高校時代はバレー部のエースアタッカー。ふたり兄弟の長男だ。祖父と両親の三代で、一軒家に暮らしている。家業は農業。弟が継ぐようだ。作った野菜は主に地元の飲食店に卸《おろ》しているが、決して儲かっているわけじゃない。岸谷勇一の夢は、実家の畑の敷地内にベジタブル・レストランを構えることだと、ジジイが近所に自慢しているそうだ」

「どう、し……」

驚きのあまり声が途中で止まってしまって、全部は訊けなかった。

竜城でさえ知らない岸谷を、なぜ龍一郎が知っているのか。その事実に血の気が引く。

「渋いナナハンじゃねーか。バイトの金で買った中古か。…ああ、明日は雨が降るらしいぜ。スリップ事故にゃ要注意だ。なぁ、竜城よ」

さも愉快だと言わんばかりに見上げられ、竜城はブルッと身震いした。

「事故で両腕を切断すりゃあ、料理人としての未来はパァだ」

「リュ……」

「ケガで済めばまだいいが、オイル漏れの可能性はどうだ？　え？　誰かが煙草の吸い殻を投げ捨ててよ。引火した直後にドカン、だ」

指先が、やけに冷たくなっている。心臓は、ちゃんと動いてくれているのだろうか。両腕で自分を抱きしめても、体の震えは止まらない。

「コイツがお前の愛しい右手だったってわけか。え？」

揶揄《やゆ》の意味は、すぐにわかった。同時に、そんな言葉で竜城を貶《おとし》める龍一郎に対して、嫌悪が背筋を駆け抜けた。

「それ、本気で言ってるのか…？」

「将来コイツと結婚して、一緒に店を構えたいとか言い出すんじゃねーだろうな。あ？」

岸谷と竜城のツーショット写真を、何枚も何枚も見せられた。驚きと恐怖、盗撮行為に対する憎しみが、体内で渦を巻いている。握りしめた拳がブルブル震える。

「頭撫でられて、なに鼻の下伸ばしてやがる。…まぁ、ここんとこお互い時間のすれ違いで、ずっとご無沙汰だったからなぁ。溜まってんだろ？　お前。したくてしたくて我慢できなかったんだろ？　それともまた、右手の世話になったのか？　お前、一体この男に何度ヤらせた。え？」

憎しみを通り越し、絶望的な悲しみに襲われても、竜城は歯を食いしばって耐えた。龍一郎ならわかってくれる、そう信じていたから。……出来れば、信じたかったから。

「俺に監視をつけたのは龍だろ？　だったら、俺がなにをして、なにをしていないか、いちいち訊かなくても知ってるはずだ！」

「無理だな。いくらなんでも学校の中までは覗けない。だからと言って、安心して校内でやりまくるんじゃねーぞ。ケツの具合を確認すりゃ一発でバレるぜ」

「龍…‼」

不毛な言い争いだ。だが、互いの心に亀裂を入れるには、これ以上の争いはない。

「俺はただ学びたいだけなのに、行動を全部監視されて、どこへ行くにも尾行されて、そのうえ大切な親友に対しても、こんな歪んだ目で見られて、コケにされて…！」

「一カ月半で親友なら、三カ月後には恋人か？　秋にはウエディングベルだな」

「きょ……、今日のことは俺が悪いと思うけど、今夜の龍はサイテーだ！」

こんな会話がしたかったわけじゃないのに。

なによりも、学校で習った数々の美味しいメニューを、龍一郎のために作ってやりたいと思っていたのに。…それなのに。

「俺には、友人を持つ権利すらないのか？」

訊ねる声が震えてしまった。そうと知って笑う龍一郎が、ただ憎い。

「頭撫でられて鼻の下を伸ばすような尻軽ヤローには、さすがに権利はやれねーな」

「俺の権利は、俺が決める！」

「お前に選択権はねぇよ」

「どうして…‼」

言った瞬間、いきなり龍一郎がイスから腰を浮かせ、竜城の顎を鷲づかみにした。

「ぐ……‼」

突然の暴力に、竜城は目を見開いて息を呑んだ。

竜城の顎を砕こうというのか、龍一郎が徐々に右手に力を込める。そして龍一郎は竜城の前に立ちはだかると、至近距離でニヤリと唇を歪めたあと、なんと竜城の頭を優しく数回撫でたのだ。

豹変した態度も行動の意図も意味もわからなくて、竜城は息を呑み込んだ。

手を離し、龍一郎が鼻先で竜城を嘲笑う。

「撫でてやったんだ。おっ立ててみろよ」

「リュウ…っ‼」

最低の言葉だった。どこまでも卑《いや》しい表情に、血が沸騰しそうなほどの怒りを覚えた。

「間違っても勃起することのないよう、ちょん切ってやろうか」

頭を撫でていたはずの指が、竜城の髪を鷲づかみにした。頭皮を引っ張られる痛みに耐えながら、竜城は龍一郎を睨み続けた。

こんな冷たい、恐ろしい顔の出来る人種だったのだ、この男は。いつもは誰よりも優しくて楽しくて、理解と包容力に溢れていたから…忘れていたが。

「あの男と、いま目の前にいる俺と。いまならお前、簡単に向こうへ転びそうだよなぁ」

強ばりの解けない竜城の顔を舐めるように見て、龍一郎が鼻で嗤った。

「俺に触れられて、喜ぶどころか青ざめていやがる。お前一体誰のオンナだ」

カーッと頭に血が上った。こんな恐ろしいシチュエーションで、誰が頬を染められるというのか。要求のハードルが高すぎて、ついていけない。

「オンナなんて呼ばれたくない。オンナになったことは一度もない！」

「そう思っているのはお前だけだ、竜城。お前は俺のオンナだ。死ぬまでな。その俺のオンナの髪に、あのガキは気易く触りやがるんだよ。何度も何度も、何度もな。なぜだ？　それはな、お前が拒絶しないからだ。お前が触らせてんだよ。違うとは言わせないぜ？」

「龍……っ」

「極道のオンナが、他の男とベタベタするんじゃねぇ。本来なら、とうにあの男の腕を切り落としてやっているところだ。忠告で我慢してやる俺の紳士的な配慮に、少しは敬意を払ったらどうだ。あ？」

ようやく髪を離してくれた……と思った直後に前を掴まれ、息が止まるほど強く握られた。竜城は歯を食いしばり、中心を握り潰されそうな痛みに耐えた。

こんなはずじゃなかったのに。いまごろは夕食を簡単に済ませて、龍一郎の早い帰宅を出迎えて、それぞれの一日を語り合って、楽しい夜を過ごせていたはずなのに。

それを実現できなかったのは竜城のせいだ。だけど、台無しにしたのは龍一郎だ。

竜城は龍一郎を突き飛ばし、「颯太！」と呼んだ。もう龍一郎のことなど一秒たりとも考えたくなかった。触れられるのもおぞましい。見るだけで脳が沸騰しそうだ！

「颯太！　一緒にお風呂に入ろう。颯太！」

逃げて解決するわけがないのに、竜城は逃げた。唯一の心の拠《よ》り所、颯太に。

逃げずに抱かれるべきだったのかもしれない。

自分からベッドへ上がり、気が済むまで犯してくださいと全面降伏すべきだったのかもしれない。

五年も一緒に暮らしているのだ。龍一郎の言動に波があるのは、じゅうぶん理解しているつもりだった。

攻撃的な言葉で竜城を煽《あお》るときは、取引が失敗したか、もしくは血を見てきたあとだ。反対に、なにを言っても大らかに笑ってくれるときは、平穏無事に一日が終わった証拠。

そのときどきの龍一郎の精神状態を正確に読み取り、うまく対応してきたつもりだったが、今回ばかりは、そうはいかなかった。

我欲《がよく》が招いてしまった罰を、竜城は早くもこの翌日に思い知らされることとなる。

「追突されそうになった……？」

ああ、と岸谷がバイクに跨がったまま、レザーグローブを外して頷いた。竜城は岸谷に傘を差し向けてやりながらも、鼓動の乱れを懸命に鎮めようとしていた。

「一度目は四トン車だ。二度目は軽トラ、三度目は黒のセダン」

「三度って、そ……そんなに？」

「驚きだろ？　登校も命懸けだ」

バイクから降り、竜城の手から傘を取り上げた岸谷が、竜城のほうへ傘を傾けてくれながら「危なかった」と苦笑いした。

ひとつの傘に入って校舎へ向かいながら、岸谷は今日の授業の聴き所などを話して聞かせてくれるのだが、まったく耳に入ってこない。

一度なら偶然で片付けられるが、自宅から登校までの間に三度も追突事故に遭いかけたなんて、誰の差し金か容易に察しがつく。

口では残酷な言葉を吐いていても、実行するはずないとタカをくっていた。暴力団ではあるけれど、市ノ瀬組はそんな卑劣な真似はしないし、龍一郎もそこまで残忍な男ではないと信じていたのに。

ポンと背中を叩かれて、竜城はハッと我に返った。知らず足が止まっていたようだ。

「お前が事故ったような顔をして、どうするんだ」

岸谷に言われて、竜城は数回深呼吸した。ショックで肺が縮んでしまったのか、上手に息が吸えない。胸が苦しい。

「ケガは?」

「大丈夫だ。かすり傷ひとつない」

その返事に、膝から崩れそうなほど安堵した。

無事で良かった。本当によかった。だが、安堵を押しのけるようにして込み上げてきた感情は、我慢できない怒りだった。

『…ああ、明日は雨が降るらしいぜ。スリップ事故にゃ要注意だ。なぁ、竜城よ』

龍一郎の声が、頭の中でどくんどくんと脈を打つ。…そうだ、行きは無事でも帰りはどうだ? きっと帰りも狙われる。今度はもっと執拗に。

いやな汗が、全身に滲む。

「そろそろ授業が始まる。乙部は三階だろ? 急ごう」

その声には応えず、竜城は身を翻《ひるがえ》した。

「乙部?」

「忘れ物を思い出したんだ。すぐ戻るから!」

もしもいま、目の前に龍一郎がいたら。

間違いなくあの顔面に、拳を叩き込んでいる。


龍一郎と生きると決めたときから、竜城は頑《かたく》なに守っていたことがあった。

龍一郎の在任先……市ノ瀬興業株式会社のオフィスビル……には、決して足を踏み入れない、と。

あそこへ行けば、龍一郎の仕事を目の当たりにすることになる。綺麗ではない仕事もしているだろう。裏取引や駆け引き、莫大な現金の受け渡しなどが、日常的に行われているはずだ。誰かを呼びつけて押さえ込み、恫喝《どうかつ》したり暴力を振るったりすることもしばしばだろう。

だが、実際に目撃さえしなければ、すべては竜城の「想像」止まり。だから竜城は近寄らないようにしてきた。そして恐らく龍一郎も、竜城や颯太があの場所へ出入りすることは、まったく歓迎していないはずだった。

だが今日は、行かなければならない。自分からあそこへ乗り込んで、今朝のことを謝罪させなければ生きた心地がしないし、勉強が手につかない。颯太の前で「お帰り、龍」など、笑って迎えられるはずがない。

それよりなにより、龍一郎をこれまでのように愛し続ける自信がない。

新宿から赤坂へ向かい、電車を降りると迷わずタクシー乗り場へ向かった。徒歩で龍一郎の元へ向かえば、到着するまでに、繁あたりに阻止されるだろう。「お話でしたら、今夜ご自宅で」と。自宅に帰れば颯太がいる。ケンカもさせてもらえず、おそらくなし崩しにされてしまう。それだけは絶対にイヤだ。

タクシーに乗ると、竜城は早口で行き先を告げた。龍一郎に電話を入れようかと一瞬迷ったが、やめた。

どうせいまも誰かに尾行されているに決まっている。であれば、すでに龍一郎に連絡が入っているはずだ。竜城が恐ろしい形相で本部へ向かっている、と。

タクシーの運転手は迷惑そうな顔ひとつせず、ワンメーターの乗客を市ノ瀬興業のビルまで送り届けてくれた。もちろん運転手は、ここがやくざの巣窟《そうくつ》だとは想像もしていないだろう。

ビルの入口には、外来者を確認するための小窓が設けられていた。ブザーを押すと、締め切られた窓の目隠しが開き、鋭いふたつの目にギロリと睨まれた。

「なんか用すか」

「石神龍一郎に話がある」

「すんません。いま留守なんすよ」

反応が早すぎる。竜城は確信を得て言い返した。

「いるはずだ。繁のベンツが停まっている」

見たわけではない。勘だ。だが、男の目が一瞬宙を彷徨《さまよ》った。龍一郎はビルの中にいる。間違いない。

「取り次がないなら、勝手に入らせてもらう」

竜城は強引にドアに手をかけ、押した。と、いつからそこにいたのだろう、開けたドアのすぐ目の前に、屈強な男たちがふたり、竜城の行く手を阻止するかのように立ちはだかったのだ。

一瞬竜城は身構えた。両脇から腕を捕られて吊り上げられ、外へ放り出される自分の姿が脳裏を過ったが、男たちは竜城に手を出しあぐねている。

「…――通してやれ」

その声で、男たちが左右に退いた。開けた視界の先、ズボンのポケットに両手を入れて立っていたのは高科次郎！

竜城は次郎を睨みつけたまま、「龍一郎のところへ案内してくれ」と言った。ふぅ…と次郎が、これ見よがしにため息をつく。

「よりによって、こんなタイミングで来やがって」

「どんなタイミングだろうが、俺には関係ない。早く案内してくれ！」

次郎は呆れたような目で竜城を見おろしていたものの、それ以上はなにも言わなかった。口を閉ざしたまま顎をしゃくり、竜城をエレベーターへ誘導した。

「やっと会って、どうするつもりだ」

上昇するエレベーターの中で次郎に訊かれ、竜城は回答を拒否した。

「言いたくない。口にするのもおぞましい」

「夜、あいつが帰ってからゆっくり話し合えばいいじゃねーか。夫婦水入らずでよ」

「夫婦だなんて呼ばれたくない。俺は男だ。女じゃない」

「そこを曲げて、抱かれてやったらどうだ。お前が学業に取り憑かれて以来、回数も激減してるんだろ。ヤツのイライラは、そのあたりが原因じゃねーのか」

「そんな単純なことじゃないし、そんな簡単に済む話じゃないんだ」

へ、と次郎が鼻先で嗤う。

「一本気もいいが、ちゃんと正誤を見極めろよ。でないと、あとでお前が傷つくぜ」

「……え？」

どういう意味かを尋ねる前に、市ノ瀬興業相談役の専用フロアに到着した。

降りて、気づいた。このフロアには窓がない。

廊下を歩いて、もうひとつ気づいたことがあった。靴音が妙に響くのだ。竜城のスニーカーと、次郎の革靴と。ふたり分の足音が反響している。

あの突き当たりのドアをノックしなくても、部屋の中の人間には来客が近づいていることが手に取るようにわかるだろう。ということは、もしも侵入者が押し入っても、この足音で距離を測れるという算段だ。

「銃を構えて、ドアが開いた瞬間を狙い撃ちするだけの余裕は作れる」

竜城の心を読んだ次郎にも、ゾッとする。

ノックもせずに次郎がそのドアを開けたとき、竜城は思わず、撃たれるはずもないのに身構えてしまった。次郎の余計な一言のせいだ。

だが、部屋の最奥の巨大なデスクに両脚を乗せ、手の中でなにかを拭きながらこちらを真っ直ぐに見ている男と目があったとたん、竜城の意識は男への怒りと悲しみだけに占領された。

竜城を送り届けた次郎がドアを閉めて出ていくのを、待っていたわけではない。

龍一郎と向き合っただけで全身の震えが止まらなくなり、声すらも出なくなってしまったのだ。たった一歩を踏み出すまでに何十秒かを要してしまったほど、いまは自分をコントロールできない。

こんな状態で口を開けば、取り返しのつかないことになるのは明らかだ。だが、それでも今朝のことだけは、どうしても許せない！

「なにしに来た」

態度を変えず、目つきも変えず、淡々と訊かれた。マンションで見る男と、ここに座している男は、まったくの別人だ。

これは颯太には見せられないと心から絶望してしまうほど、石神龍一郎は極道の顔をしていた。鋭く切れ上がった冷淡な双眸、頬の刀傷。完全に竜城とは別世界で生きている人間の顔だった。

「いまちょうど、デカイ取引を終えたところだ。終始うまくいった」

暴力団の仕事を報告されても、よかったなとは喜べない。それよりも竜城に対して、うしろめたくはないのだろうか。

「人を殺しても、痛みすら感じない人間か…」

絶望感が声になって、ぽつりと零れた。男がゆっくりと首を横に振る。

「殺しちゃいねーさ。今朝のは単なる脅しだ。岸谷ではなく、お前へのな」

俺への？　と竜城は目を瞠った。当たり前だ、と男が口の端を吊り上げる。

「他の男と慣れ慣れしくするとどうなるか、お前に教えてやったまでだ」

「龍…」

「これに懲りたら、二度と岸谷に触らせるな」

「さ、触らせるなって…、あれはただ、友人同士のコミュニケーションで…！」

訴えようとして、竜城は息を呑み込んだ。

さっきから龍一郎が執拗に手の中で磨いていた黒いもの。

ガチャリ、と。弾倉《だんそう》らしきもの……をそれに填め込むと、龍一郎は右手をゆっくり持ち上げ、その黒い塊を真っ直ぐ竜城へ向けたのだ。

実物を見たことはないが、確かめなくとも本物だと知っている。

なぜなら、龍一郎は本物しか持たない。あの石神龍一郎が、偽物の銃で竜城を脅すわけがないのだ。

デスクから足を降ろし、竜城に狙いを定めたまま、一歩ずつ、一歩ずつ、龍一郎が近づいてくる。竜城は瞬きもせず、黒々と光る鉄の塊を凝視して距離を測った。

ゴクリと唾を呑み込む音が、やけに自分の鼓膜に響く。

「友達？　じゃねーよなぁ。あいつはお前にとって夢の結晶だ」

「夢…の、結晶?」

「ただのクソガキなら、俺だって止めやしねぇさ。だがな、岸谷は違う。なぜならテメェは岸谷の前で、オンナの顔をしやがった」

「そんなの…龍の勝手な思い込みだ!」

竜城は後ずさりした。だが、うしろはドアだ。すぐに背中がぶつかってしまい、もはや逃げられない距離にまで迫られている。

竜城に向けられていた銃口は額を狙い、こめかみに回り込み、耳の脇を通って、顎の下へ押しつけられて——止まった。

「…いま手に入れたばかりのチャカだ。お前には見せたくなかったが…仕方ねーよな。お前のほうから飛び込んできたんだ、俺の懐へ」

怖くない…わけがない。だが、怖さより悲しみのほうが何倍も強い。

まさか、あの石神龍一郎から、銃を突きつけられてしまうなんて。

「冗談じゃ…ない…っ」

「ああ、これは冗談じゃねぇ。本気だ。お前が今後もあの野郎に肩入れするなら、その綺麗な心臓をアイツに持ち去られる前に、俺がこの手で潰してやる。いますぐな」

ゴリ…と鈍い音がした。銃口に顎の骨を押されたのだ。だが痛みなど感じない。感じるのは、いまここにいる男の非道さだけだ。

「颯太のことなら心配するな。組が総力を挙げて面倒を見る」

「く……っ」

銃口を向けられて、冷静でいられる人間などいない。この日本で銃を所持することじたい、許されないことなのだ。

「骨の髄《ずい》まで……極道か。龍は、人の命をなんとも思っちゃいない…っ」

「思ってるさ。だからチャンスをくれてやったじゃねーか。余所見《よそみ》をしたらどうなるか、真剣に考える機会をな。骨の髄まで身に沁みただろ？　浮気する気も失せただろ？」

「浮気だなんて……どこをどう捉えたら、そんな歪んだ見方ができるんだっ！」

「曲解させたのはお前だ、竜城。俺以外の男を、二度とあんな目で見るんじゃねぇ」

銃を押しつけられ、左手で服の下を乱暴に撫で回されながら、竜城は言った。

「俺の体は俺のものだ。龍のものじゃない」

言ったとたん、銃口の位置がこめかみに移動した。龍一郎の怒りが、冷たい鉄を通して伝わってくる。怒りにまかせて撃つかもしれない。もしかしたら、本気で。

こめかみに銃口が食い込む。竜城は観念して歯を食いしばり、目を閉じた。

「…――撃ちたいなら、撃て」

龍一郎が絶句した。だが竜城は、喘ぐように声を絞り出した。

「殺せばいい。撃てよ」

室内の温度が数度下がったような気がした。龍一郎の気配が冷たすぎるせいだ。

「テメェ、本気か」

地響きのような声に、竜城は唾を呑み込んだ。頷けば本当に殺されるかもしれない。

それでも竜城は我慢できなかったのだ。竜城に思い知らせるために岸谷を脅すなんて、
普通の人間が考えることじゃない。考えたとしても、人として実行すべきじゃない。

たぶん、今回だけではないのだ。

この先も竜城が誰かと親しくするたび、こんな諍《いさか》いを繰り返すのだろう。そう考えるだけで息苦しい。この男の元でなら思う存分深呼吸できると安堵していたのが、どうしてこれほどあっさり逆転してしまったのか。

龍一郎の前では、息も継げないと思うほどに。

「――――終わりだ」

「終わり？」

「こんな龍一郎に惚れた覚えはない」

「……どういう意味だ」

竜城は男を睨みつけた。男の顔が強ばっているのが愉快だ。愉快だが、笑えない。なにひとつ楽しくない。ひたすら哀しいだけだった。まさか、こんな日が来ようとは。

「聞こえたとおりだ」

「お前の気持ちは、俺にはない。そういうことか？」

わからない。でも、そう思いたければそれでいい。どうだっていい。どうせ竜城がなにを言っても信じてくれないのだから。

「嘘も本当も誤解もなにもかも、どうせ龍が決めるんだ。撃ちたいなら撃てばいい。俺に権利はないんだろ？　俺と楽しみを共有したいと言いながら、そんな気はさらさらなかったんだろ？　龍は俺を束縛したいだけだ。俺のことを応援すると言いながら、内心では俺に自由を与えたくない。だろ？」

「履き違えるな。自由はいい。だが裏切りは見逃せねぇ」

だから！　と竜城は語気を荒《あら》らげた。

「裏切った覚えなんてない！　龍が勝手に思い込んで、勝手に岸谷を敵視しているだけだ！　なにを言っても俺を信じる気がないのなら、こんなまどろっこしいことをせず、極道らしく暴力でねじ伏せろよ！　撃ち殺したいなら、さっさと撃てッ‼」

ドンッ！　――――と

龍一郎が引き金を引いた。

竜城の足元……床に向けて。

恐怖か怒りか、竜城の全身は総毛立っていた。

次郎と繁が部屋に飛び込んでくるまで、竜城は目を見開いたまま、龍一郎も竜城を凝視したまま、身動き一つできずにいた。

「龍一郎ッ‼　お前、正気か！」

「竜城さん、こちらへ…！」

次郎が龍一郎から銃を奪う。繁が体を楯《たて》にして竜城を庇い、部屋から引きずり出す。

「頭を冷やせ、龍一郎！　竜城を撃てば颯太の父親失格だぞ！　それでもいいのかッ！」

「竜城さん、ご自宅へお送りします」

もう、無理だ──────。

「え…？　なんか言いましたか？」

「…耐えられない」

「竜城さん…？」

繁の太い腕を押し退《の》け、竜城は部屋に向かって叫んだ。

「これ以上あんたと関わるのは、もうウンザリだッ！」

吐き捨てたとたん、取り押さえられていたはずの龍一郎が、次郎の制止を振り切って竜城に飛びかかってきた。

「やめろ龍一郎！」

「うるせぇッ‼」

そのとき龍一郎が振り上げた右拳を、竜城は不思議な思いで目に映していた。

その拳は、あの黒光りする銃の何倍も重く、固く、冷酷に感じられた。

次郎と繋が引き剥がしてくれたから、その拳が竜城の顔面を砕くことはなかったけれど。

殴られたも同然の痛さと傷を伴って、竜城の網膜に焼きついた。


市ノ瀬興業のビルの外まで付き添ってくれた次郎には感謝するが、龍一郎の義兄弟だと思うだけで腸《はらわた》が煮えくり返る。

大賀《たいが》がビルに横付けしたのは、次郎の愛車、ガンメタリックのランドクルーザーだ。この車種が余程気に入っているようで、次郎はこればかりを色違いで三台も所有している。

「ひき殺されたくなきゃ、途中で飛び降りるんじゃねーぞ」

助手席に押し込まれ、シートベルトを装着されても、竜城は無抵抗だった。ビルから脱出できたと同時に膝から力が抜けてしまい、指一本まともに動かせない。

大賀が運転するのかと思いきや、ハンドルを握ったのは次郎だった。あんな場面に出くわしても平気で運転できるなんて、やはり普通の神経ではない。

車がスタートしてから、竜城はぽつりと訊いた。声を出すのも億劫だ。

「…マンションへは帰りたくない」

「わかってるさ。ほとぼりが冷めるまで、うちへ来い。颯太は大賀を迎えにやらせる」

は、と竜城は鼻で笑った。こんな投げやりな態度、好きではないけれど。

「もう市ノ瀬には関わりたくない。あんたの顔も見たくない」

今度は次郎が鼻を鳴らした。竜城の甘さを腹の底でバカにしているのだろう。

「お前の気持ちなんぞ、どうでもいい。颯太の将来を考えろ。あいつは龍一郎の養子だ。お前と龍一郎になにかあれば、颯太はどうなる。え？　お前らにいま必要なのは、時間だ。自分としてではなく、父や兄としてどうあるべきかを考えるためのな」

次郎の意見はもっともだった。自分ひとりが勝手に決められる問題ではない。

「それとな……竜城。龍一郎は最近やたらと忙しいんだ」

「知ってる」

「知っているなら、理由は訊いたか」

その問いには、答えなかった。仕事でなにかあったのだろうと勝手に想像していたから、あえて詳細は訊ねていない。

「たぶん…仕事絡みなんだろ？」

「中途半端に納得するな。お前が自分のことに夢中で、そこをすっ飛ばすから、こういうことになるんだろうが。アイツ自身も自分のイライラの原因をうまく退治できずに藻掻《もが》いてるんだ。五年も側にいるんだろう？　そのくらい、お前の裁量でなんとかしてやれ」

「なんとかって……わかってるなら、次郎さんがなんとかしてやればいい」

バカか、と鼻で嗤われた。

「お前にしかできねーことだから、わざわざ忠告してやってんだろーが。ヤツがどんな鬼に化けても、お前だけは、お帰りなさいませと股開いて迎えてやれ。そうすりゃ、大抵の男は地に足がつく。また翌日から、外で存分に戦えるってもんだ」

竜城は両手で顔を覆った。そんなことを言われても、ため息しか出てこない。次郎の言うことはとてもよくわかるが、竜城とて、聖母になりきれないときがあるのだ。

「……しばらく龍一郎が忙しいから、仕事の邪魔をしないよう本家で泊まることになったと、お前の口から颯太に説明してやれよ」

「俺の口から？」

「老人と子供の前では、そのくらい演技しろ。自分で蒔《ま》いた種だろうが」

その一言が一番効いた。

刑務所へ連行されるような気分で、竜城は窓の外を見るでもなく眺めていた。しっかり考えなくてはならないのに、疲労困憊《ひろうこんぱい》で考える力も残っていない。

「…それにしても、相当な啖呵《たんか》を切ったじゃねーか」

ふいに言われて、竜城は首を横に振った。

「切ったのは啖呵じゃない。縁だ」

「お前、本気で言ってるのか?」

答えるのも面倒くさくて、振り切るように言い捨てた。

「俺の友人を、危険な目に遭わせたんだ。ひとつ間違えば大事故だって起こり得るのに、そういうことを平気でやるその神経が我慢できない。そんな短絡的な思考の人間と暮らせるほど、俺は無神経じゃない」

「いままで散々いい思いをさせてもらっただろうが。正直、恩はあるはずだ」

「恩だけでは、一緒に生きられない」

「……確かにな」

信号が赤になる。ブレーキを踏んで停車し、次郎がこちらをチラリと見た。

「ま、もともと俺は、お前に龍一郎は荷が重いと危ぶんでいたクチだ。五年も保っただけマシだな」

その言い方にはカチンときた。


「まさか、別れを切り出されるとはな」

ハーッと、おそらく十回目のため息をついてみたが、まだ頭が混乱している。

次郎の元に身を寄せたはずの竜城が、本家を抜け出してしまったことに対して腹を立てているわけではない。明日にでも平山調理師専門学校に乗り込めば、あっという間に連れ戻せる。それは竜城にもわかっていることだ。わかっているが、とにかく市ノ瀬の世話になりたくない、そういう意思表示をする頑固な竜城に、ひたすら戸惑う。

今朝、竜城に銃口を突きつけてから、龍一郎は一日中悶々《もんもん》としていた。ここぞという場面で自制できない自分に、ほとほと嫌気が差す。商談の席では決してこんなことはないのだから、この暴走は竜城限定に違いない。

可愛い竜城にあそこまで激高されれば、こちらの理性が吹っ飛ぶのも当然だ。

「ウンザリは……効いたぜ」

頭を冷やすには、毒を吐いても問題ない相手と浴びるほど呑むのが一番だ。龍一郎は繁に連絡し、地下駐車場へ車を回させた。

運転席で待っていた繁が、バックミラー越しに訊いてきた。

「大丈夫ですか、兄貴」

「…辛うじてな」

弟分から見ても、酷い顔らしい。龍一郎は車内備えつけのスチーマーからタオルを取り出し、顔を拭いた。

「次期三代目に繋ぎますか」

「そうしてくれ」

繁は器用にハンドルを捌《さば》きながら地上に出て、次郎を携帯で呼び出した。竜城を逃がしておきながら、呑気に六本木で女と呑んでいるらしい。どうも次郎は、竜城に対して酷薄すぎる。「兄貴がご用だそうです」という繁の声に、「こっちまで来い」と返して、さっさと電話を切ったようだ。

「野郎は日奈子《ひなこ》の店か?」

「みたいです」

フンと鼻を鳴らして龍一郎はシートに凭れた。

「あの女は苦手だ。男をハナからガキ扱いしやがる」

「だから次期三代目は、あの店が気に入りなんでしょう。昼間は気を張っているぶん、女に甘えたくなるもんです。女は人類の母ですから」

女を尊いもののように語る繁の口ぶりが新鮮で、龍一郎は今日初めての笑みを浮かべた。

「繁。そういやお前、同棲中の女はどうした。そろそろ籍でも入れたらどうだ」

気分転換に明るい話題をと思って話を振ったのだが、狙いは外れた。繁が申し訳なさそうにスキンヘッドの頭を掻いた。

「逃がしました」

「……逃がした？　逃げられたわけじゃなくてか？」

日奈子の店の前に到着した。ベンツやらＢＭＷやらの縦列駐車に被せるようにして、タクシーが二重駐車の長い列を成している。

市ノ瀬組のベンツと知って、日奈子の店の女たちがタクシーを追い払い、強引に空けたスペースへ誘導してくれた。

「俺が帰ったら、男と乳繰り合ってましてね。男は前歯を全部へし折ってやりましたが、女は……不憫だったんで、逃がしました」

そうか、と龍一郎はため息で返した。繁は自分を女手ひとつで育ててくれた母親に恩義を感じているせいか、女には強く当たれない性分だ。

後部席に回り込んだ繁がドアを開け、頭を下げた。龍一郎はベンツから降りながら、ぼそりと零した。

「側に置いて傷つけるくらいなら、逃がしてやったほうがいいのかもしれねーなぁ」

聞こえていたはずなのに、繁は無反応だった。逃がすべきだとわかっていながら、手放すつもりなど毛頭ないことを見抜いているのだろう。

「だがよ…繁。俺は我慢できねぇんだ。女なら、まだいいんだ。竜城が咲子と所帯を持ちたいと言い出しても、おそらくここまで慌てることはない。竜城が本気でそれを望むなら、新居だって用意してやるさ。だが……なぜだろうな。他の男に心を移すことだけは、なにがあっても許せねぇんだ。……小せぇ男だろ？」

「そんなことありません。兄貴の懐は大陸並みにデカイです」

ポンと繁の肩を叩いて、龍一郎は迎えの女たちと店に入った。

例え大陸並みにデカくても、竜城の浮気は容赦しない。

万が一にも岸谷に体を許したら、そのときが、竜城の最期だ。


「来たか、兄弟！」

壁と防弾ガラスに三方を囲まれたＶＩＰ席で、早くも次郎は出来上がっていた。両腕に女を抱え、脚の間にも女を座らせている。なにをしているのかは一目瞭然だ。

「いつからソープになったんだ、この店は」

大袈裟に顔をしかめると、警護で付きあわされているのだろう大賀が、恐縮しながら頭を掻いた。

大賀の肩をポンポンと叩いて労《ねぎら》ってやり、龍一郎はＬ字のソファの片端に腰を下ろし、義理の弟を呆れ顔で眺めた。

次郎の腕の中の女たちの胸元には、縦折りの一万円札が何枚も突っ込まれている。酔った女が「いらっしゃーい、龍さぁん」と抱きついてきたが、龍一郎は片手を上げて女の歓迎を辞退した。今夜は遊びに来たわけじゃない。

「こんばんは、龍さん。お久しぶり」

和服姿の日奈子が挨拶にやってきた。竜城の足元で膝を揃え、うやうやしくお辞儀してみせる。いつ見ても所作の美しい女だ。

「もう来てくださらないのかと思ったわ」

「最近いろいろ忙しくてな」

「他に、馴染みの店でも出来たんじゃないの？」

顔を覗き込んで小声で訊かれ、龍一郎は眼を細めた。新規開拓する時間があれば、さっさとマンションに帰って颯太と風呂に入り、竜城と夜を過ごしたい。

だが、そう望むのは龍一郎だけであって、竜城は求めてはくれないのだ、もう。

「そんなんじゃねーよ。仕事だ」

「そういうことにしときましょ。……それより、この獣をどうにかしてちょうだい」

次郎と女たちの惨状《さんじょう》を一瞥して、日向子が美しい眉を大きく歪めた。

「ちょっと、次郎さん。うちはそういう店じゃないって何度言ったらわかるのよ」

いいじゃねーかと軽くあしらうと、次郎は女たちの腰に腕を回し、強引に乳房を揉み始めた。女たちもキャーだのヤメテだのと騒ぎながらも、次郎の膝に乗って、その首に腕を巻きつけているのだからお互い様だ。

「あなたたちも、ほら。ソフィアちゃん、ルビーちゃん。この野獣から離れなさい」

「だってぇ、じろーちゃんが離してくれないんですよぉ……ぁ、やだー！　ブラ外しちゃダメですよぉ」

「ダメってお前、窮屈だろ？　自由にしてやれよ。まったく、いいチチしやがって。この中になにが詰めてあるんだ。シリコンか？　え？」

「やだぁ、じろーちゃんってチョー意地悪！　ソフィア、どっこも弄ってないよぉ」

「じろーちゃん、今夜ルビーとお泊まりしよ。いっぱいサービスしたげるから。たとえばねぇ…」

「おう、例えばなんだ。俺と合体でもするか。あ？」

「うーん、じろーちゃんがどうしてもっていうなら、合体してあげてもいいよぉ」

「よーし、決まりだ！」

日奈子の目尻がピクリと攣った。ルビーとやらは、この店に入って日が浅いようだ。店のママと次郎の関係にまったく気づいていない。ペッティングまでは目を瞑るが、セックスは論外だと、赤い唇がわなわな震えて訴えている。

怒りの唇を笑みの形に変えて、日奈子が「ソフィアちゃん」と優しく呼び、キッと顔を引き締めて顎をしゃくった。ルビーを連れていけというオーナー命令だ。

怒った日奈子は鬼より怖い。ソフィアが慌ててルビーを次郎から引きはがし、引きずるようにして「失礼しまーす」と退散した。

「なんだなんだ、いいところで水を差しやがって」

コホンと咳払いした日奈子が、「うちはお持ち帰り禁止なの。何度言ったらわかるのかしら？」と、ニッコリ微笑んだ。そして「私も席を外したほうがいいわね？」と、穏やかな表情で龍一郎を見上げた。さすがの余裕だ。苦手を通り越して尊敬する。

「悪いな、そうしてくれ」

日奈子がＶＩＰ席から離れ……る間際に、なんと日奈子は次郎の耳に爪を立て、思いきり抓《つね》ったのだ。

いてぇ！　と飛び上がる次郎が滑稽《こっけい》で、龍一郎は腹筋を揺らして笑ってしまった。

この男は、日奈子の恋心に気づいているのだろうか。定期的に体を交えているのだから知らないはずはないと思うが、次郎のことだ。侮れない。

おそらく次郎は、日奈子が自分に抱かれるのは性欲解消が目的だと思っているのだろう。

だが女は、そこまで即物的な生き物ではない。だから情をかけてやれ、抱くなら心も抱いてやれと、いくら次郎に説明しても、納得までには地球と太陽ほどの距離がある。

この男は女の心の揺れにまったく関心がないのか、生まれつきの鈍感なのか。高校時代から、それはまったく変わらない。

「相変わらずだな、次郎。四十を過ぎても女の嫉妬を煽《あお》っては、自分の首を絞めてやがる」

笑いながら、龍一郎は自分でグラスに酒を注いだ。

「自分の首なんぞ絞めてねぇぞ」

「絞めてるじゃねーか。お前そのうち、日奈子に逆襲されるぞ」

「逆襲？」

「少しは学習しろってことだよ」

グビリと呑んでグラス越しに笑ってやると、うぅむ…と次郎が腕組みをした。

高校当時、次郎は複数の女と一度につきあっていた。互いに嫉妬心を燃やした女たちは、それぞれが次郎とのセックスの回数を競い合った。よって次郎は高校在学中でありながら、ふたりの女を妊娠させてしまったという、人として同情できない過去がある。

女たちの親からは「生涯会わない、近寄らない」との誓文書を要求され、捺印させられた。よって次郎はふたりの娘を授かりながら、一度も面会出来ないという、じつは孤独な子持ち親父だったのだ。

「あれはお前……、まぁ、妊娠させてしまったのは悪かったが、ピルを飲んだって言ったんだよ、女が。むこうが俺を騙しやがったんだ。それに、まだふたりで助かったぜ。もし俺が百発百中なら、いまごろは全員腹違いの、なでしこジャパンの誕生だ」

「…なでしこに蹴り殺されるぞ」

呆れながらグラスをカチンと触れ合わせ、苦笑いのまま一気に干した。

抓られて赤く腫れている耳を摩《さす》りながら、で？　と次郎が前屈みになった。

「で、竜城はどうした。捕らえて剥《む》いて縛りつけて、ケツにバイブ突っ込んできたか？」

「……そんな楽しい計画を立てた覚えはねぇよ」

ため息をつきながらソファに凭れ、龍一郎はグラスの中を見つめた。氷もなにも必要ない。酒はストレートで煽るのが一番効く。

『楽な客だろ?』と、竜城に訊いたことがある。まだ竜城が二十歳のころ、シャーク・アイランドで初めて席に着かせたときだ。

竜城との出会いは、仕事の途中でたまたま入ったコーヒーのチェーン店だった。恐らく龍一郎の……いまにして思えば一目惚れだ。

『ご注文はお決まりですか?』

天使の微笑というものが、現実に存在するとは知らなかった。それも、龍一郎の目の前に。あのときばかりは、柄にもなく緊張で言葉を失った。

『あー…、ホット。…いや、カフェ・オレ。じゃなく、ラテだ』

『カフェ・ラテですね。サイズは、いかがいたしましょう』

『普通でいい』

『普通サイズですね。あの……よろしければミルクを増量いたしましょうか?』

それは、コーヒーからオレ、オレからラテへと転換したことで、ミルク好きだと読み取ってくれたゆえの気配りだったのだ。図らずも胸がときめいてしまった。

『増量できるのか？』

『はい。ミルクたっぷりがお好みでしたら、ぜひお申しつけください。カフェ・ラテ、トール、ミルク多め。これで本日のご注文と同じドリンクを、当店の系列店でもご用意させていただきます。キャラメル・ラテもお口に合うかと思います。次回ご利用の際には、ぜひお試しください』

『……ああ。そうさせてもらおう』

竜城の接客は、じつにスムーズだった。気持ちのいい声、柔らかな笑み、そしてなにより、竜城がブレンドしてくれるコーヒーは、どこで飲むより美味かった。

毎日飲めたら幸せだろうと漠然と思い描くほど、心に沁みる贅沢な味わいだった。

「で、どうしてここにいる。え？　竜城を連れ戻しに行かねぇのか？」

次郎の声で、龍一郎は思い出から一転、奈落へ突き落とされた。

思い出を肴に呑むなんて、別れの予兆のようで胸くそ悪い。龍一郎は両腕を頭上に伸ばして、背中のコリをほぐしながら白状した。

「居場所はわかっている。…あいつのツラを見たら、またぶん殴りたくなりそうだ」

「お前が竜城をぶん殴ろうがなにしようが知ったこっちゃねーが、痴話ゲンカに颯太を巻き込む道理はねぇぞ。今夜も、竜城の留守に不審を抱いていた。龍一郎の仕事の手伝いで忙しいんだと説明しても、なんか違うの一点ばりだ。子供は勘が鋭いからな。そう長くは誤魔化せねぇぞ」

「……だな」

腕を組み直し、険しい顔で次郎が唸る。

「マンションにはいつ戻れるの？　って、やけにしつこく訊きやがるからよ、仕方なく俺も家から逃げてきたんだ。一日も早く片をつけてくれ。土下座でもするか？　え？」

「その前に、例の仕事の話だ。来月から、当分ドバイに行く」

「ついに決まったか…！」

目を輝かせ、次郎が身を乗り出した。

今回の儲け話は、組絡みではない。まったくの別口だ。

龍一郎の大学時代の同期には、結構な大物が何人もいる。政治家、実業家、弁護士に検察官、大学病院の医師などなど、数えあげたらきりがない。

話を龍一郎の元へ持って来たのは、実業家がふたりに、弁護士がひとり。計三人だ。

この三人は、大学時代に龍一郎とディベートで散々やり合った仲だった。龍一郎以外はみな海外の商社や銀行で五年ほど働き、国内では外資系で転職を繰り返して実績を山積みにしていると、その噂はたびたびメディアで目にしていた。

近々呑もうとの連絡は受けていたが、まさか「暴力団とは無関係の、綺麗な金を稼がないか?」と、最初から腹を割って切り出されるとは思わなかった。

「ドバイ銀行に金が続々集まっている。投資家たちも注目している。乗るなら今だ。三カ月先まで迷っていたら、もう俺たちには手のつけられない事態になる」

そう口火を切ったのは、政治家の……正しくは先月政治活動から足を洗い、弁護士に戻った勅使河原《てしがわら》だ。

「あの国に乗り込むのは、いまがチャンスだ。一攫千金《いっかくせんきん》、億万長者は間違いない」

篠山《しのやま》が確信を持って頷き、そこに日米ハーフの甚目寺《じもくじ》 Foster 桂斗《けいと》…JFKゆえニックネームは当然ケネディ…が、大学時代と変わらない人なつっこさで口を挟んだ。

「中途半端に投資しても、呑み込まれる。でも、一国まるごと買い占めるくらいの資金があれば、それは信用にシフトする。ドバイの感覚では、日本は国じゃない。ブランドだ。ブランド力を見せつけるには、サシで戦える現金がまず必要だ。だが銀行が融資してくれる金額なんて、たかが知れている」

「そこで、俺ってわけか」

迷わず頷く三人に、龍一郎は「ハイエナたちめ」と笑い返した。

金儲けは悪ではない。もっと言うなら、金に黒も白もない。要は、手元で唸っている現金をどう活かすかだ。活かすためには腕と才覚、そして閃《ひらめ》きが必要だ。

試しに龍一郎は、ドバイに建設中の高層マンションの一室を購入して金の動きを見ることにした。購入金額の一・五倍で転売を図ると、驚いたことに、その上下階のフロアを含めて、一気に値段が跳ね上がったのだ。日本人が購入したことで安全という付加価値が値をつり上げ、価格高騰を招いたのだった。

「やっぱりそうだ。絡めば絡むほど膨らむぞ……！」

「待ったなしの秒速だな」

「問い合わせるたびオーナーが違う。コロコロ変わりやがる。転売の繰り返しだ。最後は一体いくらになるんだ？」

まるで、いつぞやの日本のバブルだ。いや、あれより凄まじい。

困ったことは、中東との交渉のタイミングだった。いくら電話やメールで土地を押さえても、現地で勝手に転売されてしまうから腹立たしい。日本の常識では考えられないことだが、書類が勝手に改ざんされてしまうのだ。目の前でサインし、契約書の受け渡しが完了するまで現地から離れるわけにはいかない。

龍一郎は、篠山とケネディを現地に張りつかせた。勅使河原を欧州へ渡らせ、一旦スイスの銀行で龍一郎の資金を洗わせてから、中東に運ばせ合流を指示した。

買ったマンションの一室にドバイ支店の看板を掲げ、勅使河原には元政治家の看板を背負わせ、保証と信用に長けた日本の不動産会社として大々的に宣伝させた。

篠山とケネディに買わせた土地を、勅使河原の「日系不動産会社」に購入させて値をつり上げ、箱物を建てて「商品」に変え、さらに値を吊り上げる。儲けはすべて龍一郎たち四人にバックされるという仕組みだ。

さらに龍一郎は、「超高級リゾートホテル」の計画を周辺企業に持ちかけた。短期間で莫大な儲けを出している「日系不動産会社」の知名度は抜群だった。一枚噛ませてくれと押しかけてくる諸外国の貿易商は、いまや二桁を下らない。

だが、いかんせん急すぎた。龍一郎はここ一カ月余り、朝から晩まで交渉と根回しと資金作りに振り回されていたのだった。

なんとしても、成し遂げなければならなかった。

龍一郎自身の迷いを払拭し、将来の足がかりとするために。

「……デカイ山だ。でかすぎる山だ。だが、颯太に胸を張れる仕事だ」

龍一郎は酒を煽った。ボトルがそろそろ空になると知って、警備に立っている大賀が日奈子を呼んでいる。

日奈子はなぜかバーボンではなく、焼酎と枝豆を持って来た。理由は「こっちのほうが体にいいから」だそうだ。

「大事なお話なんでしょ？　悪酔いしないおまじない、かけておきましたから」

会釈して去る日奈子の尻に次郎が右手を伸ばしたのは、もはや無意識の行動だろう。読んでいた日奈子は不埒な右手に自分の尻を撫でさせることなく、しっかりと真上から叩き落とした。

「なんだお前、ケチケチすんな。減るもんじゃねーだろ」

「あなたが触ると減るのよ、私のお尻は」

「そうか、お前の尻が垂れてきたのは、それが原因か」

「なんですって……⁉」

このバカをどうにかしてちょうだい！　と日奈子が龍一郎に向かって歯を剥いた。

龍一郎は胸を反らして笑ってしまった。やはり次郎に会いに来たのは正解だ。この男といると、いい意味ですべてがどうでもよくなる。なんとかなると思えるから不思議だ。

怒って立ち去る日奈子の後ろ姿を見送った龍一郎は、足を組んでソファに肘を突き、唯一無二の兄弟に眼を細めた。

「高科次郎」

「あ?」

「お前と義兄弟の契りを交わせた俺は、幸せ者だ」

顔を歪めた次郎が、枝豆を皮ごと口に放り込む。

「気持ちの悪いこと抜かすんじゃねーよ」

「ああ。言ったそばから胸くそ悪い」

ハッハッハとひとしきり笑うと、次郎が真顔で案じてきた。

「お前、かなり壊れてきてるな。そろそろ限界じゃないのか?」

指摘されて、龍一郎はソファにぐったりと背を預けた。確かに壊れかけている。言われなくとも自覚している。今度ばかりは自分のキャパを大幅に超えているのもわかっている。目を閉じれば、このまま一生爆睡して寿命を全うしてしまいそうだ。

「夜のほうは、なんとかうまく行ってるのか?」

「んなわけねーだろ。お前の前でケツ振った夜以来、ご無沙汰だ」

そんなにも…と、次郎が目を見開いて驚いた。

「まさか、そこまでとは思わなかったぜ。年中盛りのついた犬みてぇなお前が、十年も突っ込んでねぇとは何事だ?」

「一カ月半だ、バカヤロウ。…颯太を小学校に送り出したあとの、燦々《さんさん》と陽が降り注ぐリビングで竜城を喘がせる楽しい時間がよ、アレが学校へ行き始めてから、まったく取れなくなったんだ。夜は夜で、夫婦のメイクラブ・タイムと現地のビジネスチャンス・タイムがドンピシャで重なりやがる。よって、セックスレス生活を強いられているってわけだよ」

なにが可笑しいのか、次郎がへへへと鼻で嗤った。

「そのうえ他の男とベタベタされちゃ、いっそブッ殺してやろうかとキレる気持ちはよくわかる」と、半分バカにしたような同情をくれた。

「ま、颯太は当分預かることになりそうだな。ドバイに発つ直前まで、竜城とふたりきりで過ごせ。それで解決だ」

「…解決すりゃあいいけどな」

アレは頑固だからな…と龍一郎が呟くと、まったくだと次郎が頷いた。

「で、どれくらい向こうに滞在するんだ?」

「上物の足場が完成するまでは、現地に張りつきっぱなしだろうなぁ。順調に行って四、五カ月か。足場だけチェックして、上物《うわもの》は勅使河原に監督させてもいいんだが…」

「小せぇ規模で済ませようとすんじゃねーよ。本心は違うんだろ？　土台から城の完成まで、自分で采配《さいはい》してぇんだろ？　なによりお前は、そっちの仕事を人生のメインにしてぇはずだ。颯太と竜城のためによ」

驚いたあとは、笑うしかなかった。

次郎はなにもかも見抜いていた。この男の側は本当に楽だ。余計なエネルギーを使わずに済む。

「お前はなにも考えずドバイに飛べ、龍一郎。兆単位の財産を掴むチャンスだ。それも極道の金じゃない。綺麗な金で、まっとうな会社で創り上げるホテルにカジノに航空会社だ。石神城の誕生だぜ？　胸を張って颯太に引き継げる一大事業じゃねーか」

「…親父の怒りが目に見える」

ため息をつき、龍一郎は片手で額を押さえて目を閉じた。過ぎ去り日の親父の笑顔が瞼に浮かんで切なくなる。

颯太を紹介したとき「立派な四代目だ」と、あの康恒が眼を赤くしたのだ。それを思うと、どうしても切り出せない。

市ノ瀬組から手を引きたい、などと。

「市ノ瀬に拾われたおかげで、いまの俺がある。その恩は決して忘れちゃいねーし、忘れることもねぇ。だが、俺と颯太は違うんだ。颯太が自分で四代目になりたいと言うなら話は別だが、俺はあいつの父親として、別の未来も示してやりたい。親が極道だからと言って、継がなきゃならない理由はない。俺は颯太の可能性を、もっと広げてやりてぇんだ」

だったらなにも問題ねぇよ、と次郎が数回頷いた。

「お前が颯太を想う気持ちは、親父がお前を想う気持ちと同じだ。たぶんな」

「同じ…？」

「親父はな、俺という血の繋がった息子を持ちながら、お前を養子に迎えた。お前に三代目を継がせようと考えていたんだ。…当時、母親と暮らしていた俺は、親父にとっちゃカタギだった。だが俺は母親の手に負えなくなり、結局親父に引き取られた。極道界に逆戻りだ。血は争えねぇ。逆らえねぇ。親父が俺たちに盃を交わさせた理由は、そこにある」

どういうことだ、と訊くと、次郎に腿を叩かれた。

「要するに親父は俺を戻すことで、お前の選択肢を増やしたんだ。親父はお前に、極道の鎧《よろい》こそ与えたが、それを着て槍を突き続けるかどうかは自分で決めろ…ってことだよ。跡を継がせたくて養子にとっておきながら、逃げ道も用意しておく。それほどお前は親父にとって、可愛い大事な息子ってわけだ」

泣きはしない。一応大人だ。だが、いまだけは親父の深い愛情を一心に受けた小さな子供に戻った気がして、目の奥が熱くなった。

自分は親父のような懐の深さを、愛する者に示せているか？

自身の矮小《わいしょう》さで、愛する者の人生を狭《せば》めてはいないか？

「……子は親に、教わることばかりだな」

その逆も多々あるけどなと、次郎が一応慰めてくれた。

「だから龍一郎。ここから先は、お前のやりたいように生きろ。銃を握りたくなきゃ、俺が代わりに握ってやる。血を見たくなきゃ、俺が代わりに始末してやる。親父が命を張って守ってきた市ノ瀬は俺が守る。なにも心配せず、外で遠慮なく戦ってこい。ただしお前は石神康恒の息子であり、俺の兄弟だ。それだけは、共に墓場まで持っていこうぜ」

叩いた膝をグッと掴まれて、龍一郎の腹はようやく決まった。この男に任せておけば大丈夫だ。市ノ瀬は安泰だ。万が一、市ノ瀬が苦境に立つようなことがあれば、自分が外から支えよう。それだけの力を蓄えよう。大事な人間たちのために。

極道であろうが、なかろうが、この絆は不滅だ。

「しばらく颯太を頼む」

「ああ、任せとけ。お前は、あの頑固者を連れ戻しに行ってこい」

ソファから起こした腰を、龍一郎は再び戻した。そうだった…と、ぐしゃぐしゃと頭を掻いた。

「いまの竜城は、思春期だからややこしいんだ」

「思春期？　二十六にもなってか？」

龍一郎は車のハンドル操作を真似ながら解説した。

「学生というハンドルを掴んだとたん、景色が一変したんだ。アクセル全開で、足元なんぞ見ちゃいねぇ。信号無視を咎《とが》めても、黄色だったからセーフだと言い張りやがる」

うぅむ…と次郎が腕を組んで唸った。どっちもどっちだな、と。うるせぇ、と短く返して龍一郎は続けた。

「自由の味を知ったのに、二度と味わうなと俺に止められたせいで、反感がＭＡＸに達してるんだよ」

まさに思春期のガキだなと、次郎が呆れて顔をしかめた。

「自分の力を試してぇんだよ。竜城もな。…俺と同じだ」

わかっているのに、竜城が傷つくだろう言動を、あえて叩きつけてしまった。年甲斐もなくキレてしまったのは竜城ではない。自分のほうだと龍一郎は項垂《うなだ》れた。

「学業は……いままで自分の時間を持てなかった竜城に、自由を味わわせてやれるいい機会だと思ったんだ。ただ……あまりにも時期が悪すぎた」

いまの竜城の勢いなら、龍一郎への敵対心から、簡単に他所へ流れるだろう。火に油を注いでしまったのは龍一郎なのだから、竜城ばかりを咎めるわけにはいかない。

「そこを力でねじ伏せるのが極道ってもんだろうが」

「都合のいいときだけ、極道を振りかざせってか?」

龍一郎は肩を竦めて却下した。極道を楯にすれば、竜城の心はますます「一般生活」へ傾くばかりだ。

「竜城のこととなると、見境がつかなくなる。今回でつくづく思い知ったよ。俺はアレが、可愛くてたまらない。どうしようもなく可愛いんだ……」

「だから言ってるじゃねーか。裸に剥いて鎖に繋げておけよ。飯は大賀に運ばせる」

龍一郎は肩を揺らした。次郎なら本気でやりかねない。

「お前と違って、嫌われても平気なわけじゃねーんだよ、俺は。…なにがムカついたかと言うとな、竜城が義務だけで帰ってきやがったことだ。帰りたくて帰ったわけじゃないそのツラに、ブチキレた。そんなことは誰にだってある。だが、竜城が言うのは許せねぇ」

「だったらよ。連れてけ、ドバイに」

「あの石頭が首を縦に振ると思うか?」

「お前に突っ込まれているときは従順じゃねぇか。ドバイに着くまで犯しまくってやったらどうだ。え？」

次郎のアイデアは、どれもこれも竜城の逆鱗《げきりん》に触れるシロモノばかりだ。せっかくの提案だが、すべて却下させてもらった。

「真面目な話、市ノ瀬組の価値観で考えれば、あっさり片付く話だぜ？」

次郎の言いたいことは、聞かずともわかる。まだ自分とて市ノ瀬に籍はあるのだ。

「お前の判断を鈍らせているのは、極道か否かの迷いだ。以前のお前なら、竜城が男のバイクに跨がった時点で相手の命《タマ》を奪《と》ったはずだ。だが、いまはどうだ。相手をひき殺すどころか、子供だましの虚仮威《こけおど》しときた。石神龍一郎の名が泣くぜ」

龍一郎は自嘲した。まったく次郎の言うとおりだ。

だが、もしも岸谷をこの世から消せば、竜城の心の中に、一生あの男の影が焼きつくのだ。龍一郎への反感が竜城の中で燃え上がり、岸谷への愛情に化けるかもしれない。竜城の中で美化されて、一生想われ続けるだろう岸谷に、龍一郎は嫉妬したのだ。

「勝てない敵を自分で作る道理はない。だから岸谷を殺さないだけだ」

「なら、竜城を殺せ。手っ取り早く楽になれる。颯太に気づかれないよう、事故に見せかけて殺《や》ればいい」

「あのな…次郎。俺は竜城を殺して自分が楽になる道より、離れていても揺るがない関係を、アレと築きたいんだ。どんなに甘いと笑われようとも、それが俺の夢なんだ。そのために俺は、もっと大きな男になりたい。その土台を固めるために、藻掻いてるんだ」

　必要なのだ、竜城が。

　生きるために、龍一郎には竜城が必要なのだ。愛しているのだ、竜城を。

「だから竜城にも自分の店を構えさせたい。竜城の責任の置き場を与えてやりたい。あちこち目移りしないよう、しなくてもいいよう、自分の人生ここにありと、どっしり構えられる場所を竜城が作れさえすれば、それでいいと思っている」

　ハー、と次郎が酒臭い息を吐き出した。先の長い話だな、と。

「その気の長さは、一体どこから来るんだ。え？」

「愛だよ、愛」

　どこかで聞いたセリフを真似て、龍一郎は次郎のグラスにグラスを当て、カチンと鳴らした。

「なににせよ、もうドバイは待っちゃくれねえ。今日も勅使河原から、一刻も早く現地に来いと連絡が入った。ここで出遅れたら、一攫千金の夢は他に獲《と》られて海の泡だ」

　いつ発つ？　と訊かれて、一日も早くと速攻で返した。

「心配の種は、遅咲きの思春期真っただ中の女房のみだ」

無理強いしたくねぇんだと、あくまで龍一郎は拘った。銃を突きつけておきながら、そんなことを言えた義理ではないのだが。悠長に構える時間もないのだが。

「てことはよ、結果的に無理強いでなければいいんだな？」

ふいに次郎が、悪戯を思いついたガキ大将のように目を光らせた。

「竜城ではなく、岸谷に思い知らせてやれ。竜城がどういう場所にいて、どういう環境で生きているかを。お前の背中の刺青《いれずみ》は、なんのためにあるんだ？　え？」

こういう目をしたときの次郎は、「いかにも次郎」的な発想を頭の中に渦巻かせている。

竜城が最も嫌悪しながら、最も抵抗できない究極の方法を。


颯太は市ノ瀬の本家にいるから安全だ。

市ノ瀬の連中を褒めるわけではないけれど、彼らは決して颯太を危険な目に遭わせたり、脅しの道具に使ったりしない。それだけは竜城も断言する。

竜城はテキストが入ったデイパックひとつだけを肩にかけ、新宿の街を彷徨っていた。

岸谷を巻き込みたくなかった。だから彼に連絡はすまいと思っていたのに、岸谷が竜城に何度もメールをくれるのだ。大丈夫か？　いまどこにいる？　…と。

気持ちに負けて、竜城は電話をかけてしまった。新宿の西口に立っているよと。

岸谷はすぐ来てくれた。じつはまだ学校に残っていたというのだ。もしかして竜城を待っていてくれたのだろうか。だとしたら、その優しさに両手を合わせて謝りたい。

バイクに跨がったまま、岸谷がヘルメットを外した。今朝見たばかりの顔なのに、なんだかとても懐かしい。黙っていると、岸谷が眼を細めて言った。

「お前の傘、学校へ置いてきたけどよかったか?」

傘と言われて、そう言えば今朝は岸谷と相合い傘で歩いていたことを思い出した。

「……押しつけたままで、ごめん」

どうやら自分は、優しさに餓えているらしい。岸谷の穏やかさに触れただけで、涙が零れそうだ。

「乙部、大丈夫か?」

「大丈夫って、なにが?」

「なにかあったのか? 無理して笑わなくていいぞ」

「無理してないよ。岸谷の顔見たら、なんだかホッとしちゃったんだ」

してはいけないことだと、充分わかっていたけれど。

竜城は岸谷の肩に顔を伏せた。

「無事で…よかった」

岸谷も、竜城も。どちらも無事に生きている。

安堵感が噴き上がる。たまらなくなって竜城は岸谷の首に両腕を回した。

岸谷はなにも訊かず竜城の背に腕を回し、トントンと優しく叩いてくれた。


どこへ行くのかは訊かなかった。

とてもとても長い距離、竜城は岸谷の背にしがみついたまま目を閉じていた。

なにもかもが風に飛ばされてゆく。まるで逃避行のようだ。逃げるって……なにから？

龍一郎から？　それとも自分の迷いから？

事故を起こしたら、岸谷と一緒に死んでしまうのだろうか。

颯太は……颯太なら、大丈夫だ。颯太には、守ってくれる人たちがいる。竜城がいなくても大丈夫だ。たとえ竜城と龍一郎が別々の道を歩むことになっても、市ノ瀬の人間は……とくに次郎は、颯太を変わらず愛し、守ってくれるに違いない。

「だったらもう……いいいか」

自暴自棄な自分が空恐ろしくて、乾いた笑みを漏らしたら、一瞬で風に攫《さら》われた。

竜城自身はどうでもよくても、岸谷には大きな未来が待っている。これ以上、岸谷に迷惑をかけてはいけない。

竜城は目を閉じ、岸谷にしがみついた。わかっているのに甘える自分が腹立たしい。

岸谷はなにも言わず、なにも訊かず、まっすぐバイクを走らせてくれた。


到着したのは「まんまるカフェ」。でも、六時で閉店のはずなのに……。

「金曜の夜は、特別だ」

「特別…？」

店内は真っ暗だった。…いや、違う。ろうそくの火が揺れている。レジ台、テーブル、カウンター。ピアノの上にも。いくつも、いくつも。

「綺麗だな…」

幻想的な美しさに見惚れていると、岸谷が竜城の背に腕を回し、席までエスコートしてくれた。一番奥の、一番隅のベンチ席だ。

「いらっしゃい、乙部さん。今夜は月に一度のライト・ダウンの日よ」

「ライト・ダウン…？」

「ええ。夜六時からの二時間、電気を点けずにキャンドルのあかりだけで過ごしましょうっていう節電の呼びかけから始まったイベントなの。最初は冬至《とうじ》と夏至《げし》だけの開催だったんだけど、お客様からの要望が多くてね。だから月に一度の金曜の夜、まんまるカフェは、まぁるい光に包まれて、夜を過ごすことにしているの」

「まぁるい光…ですか」

キャンドルの光に照らされた樫木の微笑みこそ、満月のような慈愛に満ちていた。

仲良く並んで座っている男ふたりに苦笑して、樫木は竜城の前にグラスワインを置いて去っていった。ぽってりとふくよかなラインを描いたグラスは、赤い液体に揺れる炎が映り込んで、ルビーのように美しかった。見ているだけで心が浄化されそうだ。

「でも……ワインなんて、どうして？」

竜城は目を丸くした。どうやら岸谷が頼んでくれたらしい。

呑める口だろ？　と言われて竜城は絶句した。なぜバレたのだろう。

「岸谷のぶんは？」

「俺はコレだ」

そう言ってコーヒーカップを持ち上げた。飲酒運転はマズイだろ？　と。

「だったら俺も、コーヒーでよかったのに」

「お前は少し酔ったほうがいい」

え…？　と首を傾げると、頭をポンと軽く叩かれた。

岸谷に触れられて、竜城はとっさに周囲を見た。監視の目はどこだろう。それらしき人物は店内にいない。だとすれば、外か。「まんまるカフェ」は、車道から少し奥に入ったところに建っている。街灯の光はこの建物まで届かないから、窓の外はまっくらだ。なにも見えない。反して外からは、中の様子がよく見えるのだろう。

「…俺たち以外、全員カップルだな」

岸谷に言われて初めて気づいたが、居心地の悪さは感じない。

「俺たちも、カップルってことにしておこうか」

どういうつもりでそんなことを言ったのか、自分でもよくわからない。

また龍一郎に責められるのだろう。オンナの顔をしていたと。そして脅されるのだ。あの男を事故に見せかけて殺してやる――と。

あれは口だけだ。そんな酷いこと本気でするわけがない。そんなことをすれば、龍一郎だって二度と竜城や颯太に顔向けできないではないか。だからあれはただの脅しだ。

それでもやはりゾッとする。あの銃は、嘘ではなかった。龍一郎が竜城に向かって引き金を引いたのは事実なのだ。

竜城は岸谷の目を見つめた。死なないでくれと祈る思いで彼の目を覗き込んでいる自分が、どうしようもなく身勝手な人間に思えて胸が苦しい。

「どうした?」

彼に決して甘えてはいけない。深入りすれば龍一郎が黙ってはいない。

でも、岸谷は生きている。彼は死なない。殺させはしない、絶対に。

「今朝は、ごめん。弟が学校の帰りに親戚の家へ泊まりに行くことになっていたのに、なんの準備もせず出てきちゃったのを思い出したんだ。あれから着替えの用意をしたり、手土産を買いに行ったりしてたら、あっという間に時間が過ぎちゃって…」

岸谷はなにも言わずにコーヒーを一口飲んだ。そしてカップをソーサーへ戻すと、ふ、と短い息を吐いた。

「シンデレラだな、乙部は」

「シンデレラ?」

「十二時になったら魔法は消える。だから制限時間内で、必死で楽しもうと焦っている、そんな感じだ」

心から楽しんでいないと——言われたらしい。

キャンドルの光は不思議だ。こんなにも弱々しく儚《はかな》いのに、なぜここまで人の心を明らかにしてしまうのだろう。

「全部を話す必要はないと前に言ったが、嘘をつくくらいなら、なにも話さなくていい」

「岸谷…」

「なにを勝手に心配しているのか知らないが、話さなきゃ悪いなんて気を遣うな。……いいから今夜はなにも考えるな。親友に甘えることも、少しは覚えたほうがいい」

親友という響きに心が揺さぶられた。そう思っていたのは自分だけではなかったと知って、抱きつきたいほど嬉しくて、でも出来ないから、ひとりで喜びと苦しみを噛みしめた。

ワイングラスに手を伸ばし、口に含んだ。芳醇《ほうじゅん》な香りと味わいが体に染みてゆく。

この味は、岸谷が紡ぐ言葉と似ている。優しく体に広がって、竜城を内側から温めてくれる。決して龍一郎のように強制的に奪おうとするのではない。竜城が心を開くまで、岸谷は待ってくれる。寡黙《かもく》に、側に寄り添って。

龍一郎との関係を、岸谷にどう説明すればいいのだろう。ひとつだけわかるのは、自分の恋人としてではなく、颯太の父親として考えたほうが冷静になれるということだった。

「ケンカしたんだ……颯太の養父と」

話すそばから、うしろめたい。だけど岸谷には、打ち明けてしまいたかった。

「調理師の専門学校へ通いたいと彼に相談したとき、一応賛成はしてくれたんだけど……夕食の時間になっても俺が帰ってこなかったことで、かなり言い合いになっちゃったんだ。それで、家に帰りづらくて…」

違う、そうじゃない。本当は龍一郎が、岸谷に嫉妬したのだ。岸谷を事故に遭わせようとしたのだ。だから竜城は、そんな非道な男にはついていけないと思って…――。

そうしたら、銃で撃たれた。当たりはしなかったけれど、あの瞬間なにかが壊れた。

「まさか昨日の？　だとしたら悪いのは俺だ。颯太くんの養父《おとう》さんに、直接説明を…」

竜城は言葉を遮《さえぎ》って必死で首を横に振った。岸谷と龍一郎が相対するなんて、そんなことされたら、竜城の心臓は間違いなくその場で停止する。

「大丈夫だよ。颯太の前では怒鳴らないって約束してくれたから。ただ…残念だけど、まんまるでバイトは諦めるよ。ここにいるだけで夢が叶ったみたいで、本当に楽しかったんだけど…」

そうか、と岸谷は納得してくれた。そして、少し身を乗り出してきた。

「乙部は、なぜ料理を生涯の仕事にしたいと思ったんだ？」

訊かれて、そういえば…と記憶の糸を遡ってみたら、案外簡単に引っ張り出せた。

「ある人から聞いた話に、感銘を受けたんだ」

「話？」

「うん。一杯のかけそば…じゃなくて、ラーメンの話」

「一杯の、ラーメン？」

「そ。ラーメン」

龍一郎と暮らし始めて、まだ間もないころだった。

あのときも龍一郎に酷い目に遭わされて、口をきくのも嫌だったのだ。颯太が幼稚園へ行ってしまって、ふたりきりになったとき、龍一郎が「昔話だ」と戸惑いながら、話して聞かせてくれたのだった。

大人たちから邪険にされて、母親には殺されかけて。それでも生きることにしがみついた、悲惨な幼児体験を。

龍一郎のことは考えたくもないけれど、あのころの彼なら……語るのは苦しくない。

「その人……いまはもう四十を過ぎているんだけど、まだ六歳だったころ、ひとりで二週間生き延びたんだ」

「たったひとりで？　まさか…」

「聞いたときは俺も、まさかと思った。でも、現実にあり得るんだ。親が養育権を持たなくて、施設でお世話になっていて、でもその施設から逃げ出したら、あとはひとりで生きるしかなかった…って」

相づちは返ってこなかった。この日本でそんなことが起きるなんて、普通では考えられないことだから。

でも竜城は、少しならわかる。子供を育てられない親が実際にたくさん存在することを。颯太と竜城の母親もそうだった。親になりきれず、子供との生活を負担としか感じられない人だったから。

「最初はスーパーの試食で飢えを凌《しの》いでいたんだけど、警備が厳しくなって、それすら出来なくなってね。何日も、なにも食べられなくて、とてもお腹が空いていたそうなんだ。でね、商店街で目に入ったカゴ盛りのトマトが美味しそうで、どうしてもそれを口に入れたくて……その男の子は、トマトに手を伸ばしてしまったんだ」

竜城は弱々しく微笑み、いったん深呼吸した。龍一郎の話を誰かにするのは初めてだ。それも、彼にとって一番つらい時期のことを。だが、悲しい顔で語りたくはなかった。なぜならこの話は、ハッピーエンドなのだから。龍一郎は、自分の足で立てたのだから。

「トマトに伸ばした男の子の手は、大人に掴まれた。でもその大人は、トマトを一山買ってくれて、おまけに男の子を、隣のラーメン屋へ連れていってくれたそうなんだ。腹が減ってたんだろう？　ラーメン食え……って」

岸谷は信じてくれるだろうか。じつは竜城も、いまだにおとぎ話のように感じてしまう。だが、それでもいいと思う。物語だと感じる人は、きっと満たされた幼少期を過ごしたのだ。それならそれで、とても幸せなことなのだから。

「そのとき食べたラーメンがね、とてもおいしかった…って。いままで口にしたことのない、ご馳走に感じられたんだって。小さな商店街の中華そばが、この先なにを口にしても超えることのないご馳走なんだよね、その男の子にとっては」

「可哀想な子だな…とても」

そうかな…と、竜城は笑みを交えて首を傾げた。

「俺はその話を聞いたとき、羨ましいなって思ったんだ」

「羨ましい？」

「うん。だってその男の子は、一生心を温めて支えてくれるラーメンの思い出を持ってるんだ。ものすごく羨ましいよ。いつか俺も、そのラーメンを食べてみたい。できれば俺も、そんなふうに誰かの支えや温もりや希望になれるような料理を作りたい……って、そんなふうに思ってしまったんだ」

「だから、料理人に？」

「たぶんね。かなり影響を受けてる……と思うよ」

話し終えて、竜城はフルマラソンを完走したかのような疲労感と達成感を味わっていた。

あのとき龍一郎からこの話を聞かされて、竜城は決意したのだった。彼の側にいようと。この男は竜城や颯太を裏切らないと確信したのも、あのとき。夢に向かって一歩を踏み出す勇気を与えてもらったのも、あのときなのだ。

竜城はテーブルに両肘をつき、両手で自分の顔を覆った。

「どうした…？」

訊かれて、竜城は無言で首を横に振った。

どうしてこんなに苦しいのだろう。なぜいま、龍一郎に申し訳ないと後悔の念が湧いたのだろう。

次郎に指摘されたとおり、幸せな時間もたくさんあった。驚くほどの愛情を注いでもらった。颯太の人生まで引き受けてくれた。本気で竜城と家族になろうとしてくれた。

それはおそらく――――いまも。

「大丈夫か？　乙部」

そっと背を撫でられても、竜城は顔を起こせなかった。覆っている手を外したら、年甲斐もなく大泣きしてしまいそうだったから。

本当は竜城だって、いつでも龍一郎のことを想っている。変わらず彼を愛している。だけど彼の愛が、ときどき無性に苦しくなるのだ。重くて痛くて、潰れそうになるのだ。殺したいほど憎まれて、だけどそれはきっと愛で、それをいまは素直に受け止められないだけで、お互いたぶん一生分の後悔をしている。

「どうして、うまくいかないんだろう……」

まとまらない思考に竜城がため息をついたとき、葉のこすれあうような音でさざめいていた話し声が止んだ。

蜜蝋《みつろう》の甘い香りの中に、歌声が滑り込んできた。

竜城は顔から手を離した。薄闇の中で響く声は、四人の女性の歌だった。

「…アカペラか。綺麗だな」

岸谷の言葉に頷いて、竜城は耳と心を澄ませた。

最初の曲は、歌詞のない四声のハーモニー。深みのあるハスキーヴォイスが、キャンドルとひとつになって揺れている。岸谷も竜城も他のテーブルからも、彼女たちへ惜しみない拍手が送られた。

ありがとうございます…と届いた声は、ごく普通の話し声だ。マイクを使わずに歌っていたのだと、いま気づいた。そういえば今夜は電気を使わない夜だった。

大地の呼吸を聴いているようだった。

四人の声がひとつになり、また分かれてはひとつに戻る。

何度もリフレインされるのは、I need You ……あなたが必要なの…というメッセージ。

二〇〇一年に起きた同時多発テロの被害者や遺族を想って作られた曲だと、岸谷がそっと教えてくれた。

私たちはみな a part of God's Body――神の体の一部。

ともに立とう。私にはあなたが必要だから。

生きるために必要だから。

私は、あなたのために祈る。あなたは私のために祈る。

生きるために必要だから。

あなたが、とても大切だから。

私の言葉で、あなたを傷つけたりしない。

I Love You――愛しているから、生きてください。

気づけば、涙が幾筋も頬を伝っていた。

竜城は嗚咽を呑み込み、ただ静かに涙を流した。

傷つけたくないのに、傷つけ合ってしまった。祈るどころか怨んでいる。なのに竜城は龍一郎から離れられない。

こんな苦しい思いをするくらいなら、別れさせてほしい。だけど、こんな苦しみを味わわされても、やっぱり竜城は――――もう、彼の一部なのだ。

友人を傷つけられそうになっても、彼に殺されかけても、心のどこかで彼と繋がっているる確信があるのは、なぜなのだろう。

なぜ、あの男なのだろう。なぜ、石神龍一郎なのだろう。

どうして神様は、竜城と龍一郎を、こんなにも強く結びつけてしまったのだろう。

どうして他の人と生きる道を、与えてくださらなかったのだろう。


肩を抱かれ、そっと引き寄せられていた。

岸谷の影が被さり、キャンドルの炎が見えなくなった。

拒絶はしなかった。唇こそ触れあわせても、岸谷はそれ以上を竜城に求めてはいないような気がした。

「好きだ、乙部」

竜城は返事をしなかった。岸谷の唇が離れていったあと、ただポロポロと涙を流した。

いつものようにポンと軽く頭を叩いてくれればいいのに、今夜の岸谷はずっと竜城の肩を抱き寄せている。手を離したら竜城が崩れてしまうとでも思っているのだろうか。

きっと、そうなのだ。岸谷は竜城の心を簡単に見抜いてしまうから。

竜城が岸谷の想いに応えられないということも。

「気にするな。俺が勝手に惚れただけだ」

「…ごめん」

「謝るなよ。殴られなかっただけありがたい」

「殴る理由がないよ」

「男にキスされたのに？」

ふ、と竜城は表情を和らげた。

「気づいてただろ？　ただ、岸谷もそうだとは思わなかったら、びっくりしたけど…」

今度は軽く頭をポンと叩いてくれて、竜城は赦《ゆる》されたような気持ちになった。

そのあとは、どちらもなにも話さなかった。ただ黙って肩を寄せ合い、心を哀しく熱く切なく揺さぶる歌声に身を震わせていただけだった。

淡くて切なくて、龍一郎には決して理解してもらえないだろう苦い記憶。

龍一郎は竜城を縛ろうとしていたわけじゃない。その逆だ。可能な範囲ではあるけれど、努力してくれていたのだ。わかっている、そんなことは。

自分は弱い。こんなにも脆《もろ》い。

だから揺れるのだ、心が。迷うのだ、いつも。本当にこれでいいのかと。すべては自分の弱さのせいだ。

「強く……なりたい。迷わない強さを持ちたい。そうなれないのが苦しいんだ……」

「苦しいときは、吐き出せ。聞くだけでいいなら俺がいる」

「ありがとう…」

岸谷が、竜城の頭を引き寄せた。またキスされてしまうのだろうかと思ったが、そうではなかった。竜城のこめかみにそっと鼻先を押しつけて、ほろ苦いため息をひとつ落としただけだった。

「乙部は……もう、誰かのものなのか？」

訊かれても、返事はできなかった。それが答えだと、岸谷は納得してくれた。

「もっと早く会いたかった」

俺も、と返してしまいそうになった言葉を、竜城は溢れそうな涙とともに呑み込んだ。

先に岸谷と会っていたら、自分はどうなっていただろう。

男性を恋愛の対象として考えるようになったのは、龍一郎と出会ったからだ。龍一郎だから、男でも極道でも、もう、どうでもいいと思えたのだ。

龍一郎以外では、恋に発展しようがなかったのだ。

「う…………」

竜城の胸に、突然後悔の波が押し寄せた。これ以上関わるのはウンザリだなどと……あんな言葉を叩きつけてしまって、龍一郎はどんなに傷ついたことだろう。

龍一郎が竜城の人生に関わってくれたから、竜城は夢を持てたのに。

「ごめ…………ん……」

龍一郎が、竜城を必要としてくれたからなのに。

「乙部？」

「気持ち、悪……────」

悶々と悩みながら呑んだせいだろうか。

たった一杯のワインで、竜城はみごとに潰れてしまった。


体の片側が、少し沈んだような気がする。

どうやらベッドで仰向けになっているらしい。部屋の明かりは、天井一面に淡く広がるピンクの間接照明だけ。

「大丈夫か？」

「らい…りょ…」

大丈夫だと返そうとして口を開いたが、ろれつが回らない。

「水だ。飲めるか?」

竜城の背中に腕を回し、上体を起こしてくれた岸谷が、水の入ったグラスを竜城の口元に添えて目を伏せた。

「悪かった。ワイン一杯で酔うとは思わなくて…」

竜城は首を横に振った。…が、その動作だけで頭がくらくらする。

「酒なら……強い。シャンパン一本…ひとりで、空ける…」

「じゃあ、体調が悪かったんだろう。俺の配慮が足りなかった。すまない」

また謝られて、竜城は懸命に首を横に振った。振ればますます酔いが回るけれど、岸谷はなにひとつ悪くないのだ。負い目を感じてほしくない。

「ここ……どこ?」

訊ねると、ベッドの端に座ったまま、岸谷が気まずそうに咳払いした。困ったように舌を打ったあと、「ラブホテルだ」と申し訳なさそうに教えてくれた。

「まんまるを出たところで、お前が歩けなくなって……一度バイクから落ちたのを覚えてるか?」

恥ずかしながら、まったく覚えていない。でも、「横になりたい」と訴えたのは、朧気《おぼろげ》ながら記憶している。

「タクシーを呼ぼうかと思ったが、ホテルのネオンが見えたから……あそこでも構わないか？　と、一応お前に確認したんだぜ？　それも覚えてないのか？」

困ったように訊かれて、ひたすら「ごめん」と謝った。

手っ取り早く横になれたのは本当にありがたい。だが、場所が悪すぎた。たとえ岸谷との間になにもなくても、身の潔白を証明するのは困難だ。

それに…そうだ、まんまるで岸谷とキスしてしまった。その直後のラブホテルだ。弁解は一切通用しない。

「……っ」

酔いとは別の目眩に襲われて、竜城は再び岸谷の手を借り、ベッドに伸びた。

「岸谷…ごめん。ホントにごめん…っ」

「酔っ払ったくらい、気にするな」

そうじゃないんだ、と竜城は岸谷の手を掴んで訴えた。

「大変なことになる…」

「大変なこと？」

「全部俺のせいなんだ。岸谷が今朝危ない目に遭ったのも、この先きっと、もっと大変なことになるのも、全部俺が……っ」

「なにを言ってるんだ？　乙部」

「友達になっちゃ……いけなかったんだ。友達になった俺が悪い。ごめん岸谷…っ」

「おい、落ち着けよ。大丈夫か？」

どうしたんだ？　と前髪を掻き上げられて目を覗き込まれても、いまの竜城には謝ること以外、なにも出来ない。

「会わなきゃよかった……岸谷と。俺が学校へ行きたいなんて言い出さなければよかったんだ。そしたら岸谷を危険に晒すこともなかった。なにもかも俺が悪………――」

延々と続くはずだった竜城の懺悔《ざんげ》は、岸谷の唇に吸い込まれた。

「ん……っ」

何度も顔の角度を変えて唇と舌を押しつけられ、竜城は無意識の条件反射で、その舌を吸い返してしまった。しまった……と後悔したが、もう遅い。まんまるカフェで交わしたキスとは比較にもならない濃厚な口づけで、浮気は成立してしまった。

「お前はなにひとつ悪くない、乙部」

「岸、谷……っ」

逃げてくれと叫びたいのに、酒が回って言葉にならない。

「なぜお前が自分を責めるのかは知らないが、俺はお前と出会えてよかったと思っている」

「ちょ…、待……、んん…っ」

上体が被さってきて、竜城は身を捩った。両手首を上から押さえつけられたまま、降りてきた唇に言葉を奪われ、抵抗を吸い取られ、ついに覚悟して目を閉じて——。

気がつけば竜城は岸谷の胸板に、両肘を突っ張らせていた。

はぁはぁと荒い息をつきながら、辛《かろ》うじて声を絞り出した。

「ごめん……岸谷」

「乙部…?」

「お…俺には、出来ない」

しばらく岸谷は動かなかった。だが、ふぅ…とため息をひとつつくと「悪かった」と呟いて、体を戻してくれた。

「卑怯な真似をして、悪かった」

そうじゃない、と竜城は否定した。岸谷は卑怯なんかじゃない。

「俺では、ダメか?」

ひどく穏やかに訊ねられて、申し訳なさに心が震えた。

「ごめん……岸谷」

「謝るなよ」

「でも……ごめん。ほんとに、ごめん」

苦しそうに見えたのだろう。幸せには見えなかったのだろう。だから岸谷は、そんな不可能を口にしたのだ。

その人からお前を奪いたい、などと。

竜城は唖然として岸谷を見上げてしまった。龍一郎から奪うなど、不可能だ。

放心状態のまま、竜城は首を横に振った。

「そんなの……無理だ」

「なぜだ？　やってみなければわからない」

「絶対ダメだ。危険だ。そんなことしたら――……」

殺される、と言おうとしたのに。

竜城が止めるより早く、ドスの利いた声が落ちた。

「殺されてぇのか」と。

悲鳴をあげたはずだった。だけど、声は聞こえなかった。

叫ぶと同時に、たぶん数秒ほど意識が飛んだのだ。そうとしか考えられない。

「金を握らせたら、あっさりロックを外しやがった。最近のラブホは管理が甘いな」

次郎を背後に従えた龍一郎が、ニヤリ…と唇の端を曲げ、一歩一歩近づいてくる。

「誰だ、お前ら！」

無意識の行動なのだろう。岸谷が竜城を背後に庇った。岸谷はどこまでも紳士だ。そして誠実だ。いきなり部屋へ押しかけるような卑劣な男たちとは出来が違う。

でも……だけど。

竜城は岸谷の肩に手を置き、違うんだ、と苦笑いした。

そう、もう笑うしかない。どこにいても監視され、なにをしていても暴かれて、逃げる場所などどこにもないのだ。

「ゼロか十か。もともと俺には、そのどちらかしかなかったんだ」

不思議そうに「乙部？」と訊いてくる親友に頷いて、竜城はふたりの極道を睨みつけた。

「覚悟はできてるな、竜城」

「できてないって言っても、覚悟させるんだろ？　力尽くで」

「よくわかってるじゃねーか」

もう顔も見たくないと思ったはずの男が、ふてぶてしく笑っている。今朝はあんなに憎悪したのに、竜城もなぜか微笑んでいた。

「で、ゼロか十か、どっちを選ぶ？」

「……決めかねてるよ。自分を殺すか、あんたを殺すか。どっちも俺が損をするから」

殺すというセリフに驚いたのだろう。岸谷が竜城の腕を掴んだ。

竜城は岸谷を見なかった。ただ薄笑いを浮かべただけだった。きっと岸谷は、竜城がおかしくなったと思っただろう。だが、残念ながら竜城は正気だ。龍一郎と一緒になって以来、これが竜城の日常会話なのだから。

「だったら一緒に生きようぜ、竜城」

「俺の友人を危険に晒すような男と？　俺に銃口を向けるようなヤツと？　じゃあその方法を教えてくれ。どうしたら俺は、そんな人間と笑って暮らしていけるんだ？」

だから教えてやったじゃねーかと、憎らしい次郎が口を挟む。

「なにがあっても股おっ広げて、龍一郎を迎え入れろ。それがテメェの役割だ」

竜城たちの会話を、岸谷はどんな思いで聞いているのだろう。訊きたいけれど、訊くのが怖い。できれば感想も言わないでほしい。

「乙部、彼は一体……」

振り返らずに、竜城は答えた。

「この男が、颯太の養父だ。そして、俺の……」

ごくりと竜城は息を呑んだ。教えてやれよ、と龍一郎がほくそ笑む。

「言ってやれよ、竜城。深ぁい深ぁい絆とマラで結ばれた間柄だってな」

本当なのか？ と岸谷が驚いている。竜城は黙って岸谷に苦笑いを返した。もう隠しても意味はない。

あとは岸谷がここから無事に脱出できれば。そして、今後一切岸谷に手を出さないと、この極道たちに誓わせることができれば。

「龍」

「なんだ」

「ここからは俺と龍の問題だ。岸谷は関係ない。彼をここから帰してくれ」

「浮気相手を、お疲れ様でしたと帰すのか？ そんなふざけた極道がどこにいる」

竜城はこれみよがしにため息をついて龍一郎を睨みつけた。バカげている。本当に。

「浮気じゃない。信じてくれって言っても……無理だろうけど」

「残念ながら、証拠がねぇな」

「証拠は、龍が俺を信じるか信じないかだ」

「だったら信じさせてもらうしかねーなぁ。根性見せてもらおうか」

骨の髄まで暴力に浸かりきった男は、あろうことか残酷極まりないセリフで竜城の心を砕くのだ。

脱げよ、竜城――と。

「百聞は一見にしかずだ。口であれこれ説明するより、コイツの目の前でお前の覚悟を見せたほうがてっとり早い」

なにを要求されているのか、すぐにわかった。ザッと体から血の気が引く。

「そんなこと、俺は、い…――！」

いやだと拒絶するより早く、龍一郎の手が竜城の腕を掴んだ。岸谷はそれを阻止しようとしてくれたのに、横から掴みかかってきた次郎の手には匕首《あいくち》が握られていて、ぎらりと光るその刃を、岸谷の喉に押しつけてしまう。

「う………っ！」

次郎によってうしろから首を拘束された岸谷が、光る刃に身を固くする。

「き…岸谷…！　次郎さん、頼むからやめてくれッ！」

「やめさせたきゃ、さっさと龍一郎の言うとおりにしろよ。こちとらお前らの痴話ゲンカにつきあわされて、ほとほと愛想が尽きてんだ。コイツの首をブッ刺されたくなきゃ、四の五の言わずに早く脱げ」

「……っ」

龍一郎がニヤリと嗤って上着を脱いだ。竜城の肩をトンと突いてベッドに倒し、竜城を跨《また》ぐようにして言うのだ。竜城を大いに逆撫でるセリフを。

「怨《うら》むなよ、竜城」

「……一生怨んでやる！」

ついさっき、あんなにも静かな気持ちでこの男に想いを馳せたのに、龍一郎は勝手なセリフでそれを台無しにしてしまうのだ。

「俺たちはもう、切っても切れない関係だ。怨むだけエネルギーの無駄だ。諦めろ」

「く……っ」

脱げと言ったのは龍一郎のくせに、龍一郎は竜城が服を脱ぐ前に、強引に竜城のシャツを裂いてしまった。

「あ……！」

シャツの残骸で身を隠すことすら許されず、デニムの前を全開にされ、無意識に逃げた腰を引きずり戻され、押さえつけられていた。

「乙部、乙部ッ！」

岸谷が叫んでいる。彼のことだ、助けられない自分を責めているだろう。

でも…違うのだ。竜城は岸谷を救うために龍一郎に体を捧げるわけではない。だからどうか、責めないでほしい。

ふいに岸谷の声が途絶えた。理由は、訊かなくても想像がつく。龍一郎がシャツを脱いだからだ。

青々とした鱗《うろこ》をびっしり生やした神々しい昇竜――――。

『竜城《おまえ》と出会う前から、竜城《おまえ》を背中に背負って生きてきた』……初めてこの男に抱かれたとき、そう言われたのを、いまでもはっきり覚えている。

竜城を殺してしまえるほど、竜城に餓えているこの男に、残酷にも岸谷の目前で組み敷かれ、体をひとつに繋げさせられることは、もはや避けようのない運命だった。

「脚を開け、竜城。いつものようにな」

いつものように…と誇張されて、もう竜城は二度と夢など見ないことにした。

今回のことで思い知った。こんなこと、二度とごめんだ。現実を受け入れて生きたほうが、精神的にずっと楽だ。

「ここまで残酷で無神経で、露出狂で鬼畜な極道だったなんて……っ」

「知ってただろ？　初めから」

竜城は龍一郎を受け容れた。それが、竜城にとっての現実だから。

「あぁぁ……ア……ぁぁ――――――――…」

押し込まれる数秒が、これほど長く感じられたことはない。いきなりの侵入に対応できず、体が反射的に竦んでしまう。

「そういや一カ月半ぶりか。どうだ、竜城。久々の俺の味は」

「ア、あっ、あ……‼」

怯えて縮むそこを、侵入者によって強引に押し広げられ、詰め込まれて、その鬩《せめ》ぎ合いの激しさに耐えかねた竜城は、激しく身を捩って悶えた。

ああ……と龍一郎が感嘆する。

「やっぱり……いいな。お前の中は」

「ぁんっ、んっんっんっん、ぅんっ！」

グイッグイッと腰ごと押し上げられ、竜城は歯を食いしばった。一カ月半ぶりの異物の侵入に、喘ぎ声しか返せない。龍一郎の背に爪を立てて耐えようとしても、噴き出る汗で、手が滑る。しっかりとしがみついても、その腕を振り落とす勢いで腰を叩きつけられて、もう竜城には為《な》す術がなかった。

膝を裏から持ち上げられ、肩につくほど曲げさせられ、ほとんど真上から腰を叩きつけられて、竜城は何度も意識を飛ばした。

竜城からも、全部見える。龍一郎からも、全部見えている。次郎や岸谷にも、すべてを目撃されている。龍一郎の太いものが、竜城の中心を行き来する様を。それによって竜城がどのように喘ぎ、悶えるかを。男でありながら乳首を冒され、体中を舐め回されて、どれほど恥ずかしい歓喜の声を放つかを。

貫かれながら前を扱かれ、ガクガクと首が揺れた。一度抜かれて裏返しにされ、腰だけを起こされて、指で広げられたそこへ押し込まれた。

すっかり柔らかくなったせいか、久しぶりにも拘わらず、挿入があまりにもスムーズだった。もう痛みはない。ただ気持ちいい。竜城は無意識にそこを締めつけ、龍一郎の感触を味わっていた。

「余裕じゃねーか。いいケツだ」

ぱしっと尻を叩かれて、竜城は歯を食いしばった。いくら無意識でも、そんな手慣れた反応をしてしまった自分が恥ずかしい。

それより岸谷に見られているのだ。次郎はもう仕方ないとしても、岸谷は友人だ。友人の前でこんな姿を晒してしまって、一体この先どんな顔をして学校へ通えというのか。そ

れとももう、学校へ行かせないつもりだろうか。

「五カ月ほど、日本を離れる」

ふいに降ってきた声に、竜城の思考が遮断された。

「いま、なんて……？」

竜城は背後を見上げようとしたが、頭を押さえつけられているから、龍一郎の顔を見ることが出来ない。竜城のうしろをゆったりとした動作で抉《えぐ》りながら、龍一郎が先を続ける。

「俺がいない間、お前は学業に専念しろ。決して他のことに惑わされるな」

一言一言を強調しながら、龍一郎が竜城の前に手を回し、そっと抱きしめてきた。

龍一郎の長い指が、竜城の胸を抓《つま》んで揉む。甘い声を漏らしたら、下も掌に包み込まれて、ゆったりしたリズムで上と下を揉みほぐされた。

「ぁ……あ…っ」

「気持ちいいか、竜城」

「ぁ、ん……っ」

龍一郎も、とても気持ちよさそうに行き来している。肩口にはキスの雨。うなじや耳も唇と舌で愛されて、竜城は幾度も愛撫の波に溺れかけた。

「不安なんだ……竜城」

龍一郎に身を委《ゆだ》ねたまま、竜城は彼の独白に耳を澄ませた。自分に不可能はないと思っているような男が、一体なにを不安がっているのだろう。

「お前の側にいられねぇことが、寂しくてたまらねーんだよ」

「龍…？」

「お前がどこかへ逃げやしないか、極道に嫌気が差さねぇか、不安で心配で仕方ねぇんだよ。それより俺は、お前と離れて正気を保てるか？　お前は平気でも俺は無理だ。昔はな、暴力には暴力で、逸《はや》る血の気を抑えられた。だが、お前を喜ばせる手を汚したくねぇと…そんな迷いごとを考えるようになってからは、お前の存在が俺を抑制してくれた。お前ナシでは、まともな人間にすらなれねぇ。お前を抱きたくて、お前に餓えて、また昔の俺に……血を見て喜ぶ極道に戻ってしまいそうだ。どうすりゃいい？　なぁ、竜城」

意外な言葉だった。

こんな弱音を吐く人間が、果たして本当に、あの石神龍一郎なのだろうかと……信じがたくて竜城は彼を振り仰いだ。

彼は竜城を仰向けに戻してくれた。正面からきちんと竜城を見て、竜城の乱れ髪を指で梳《す》き上げてくれて、そして切なげに微笑んで言った。

俺は弱い男なんだ……と。

「幸せってのは残酷だな。こんなにも人を弱くしやがる」

「龍……」

「お前が俺を変えたんだ、竜城。お前なしでは生きられない、弱くて情けない男によ」

背中に龍の刺青を背負った一人前の極道が、岸谷の目の前で、よくもそんな女々しいセリフを吐けたものだ。

は……と、竜城は呆れて笑った。そして、情けない表情で竜城を見つめる哀れな男に手を伸ばし、労るように頬に触れた。

竜城は何度も龍一郎の頬を撫でた。触れれば触れるほど愛しさが増してくる。顔を見るのもイヤだと思ったことが嘘のようだ。だって、こんなにも懐かしい。

両手で彼の髪を掻き上げ、耳を挟み、刀傷を指でなぞった。ケンカでつけた傷ではない。これは母親につけられた傷。愛を欲した相手から、殺されかけた証なのだ。

「俺は龍を……殺さないよ？」

「本当か？　竜城」

なにをそんなに心配しているのだろう。竜城が龍一郎と離れられるわけがないのに。

「俺がどこへも行けないことは、龍が一番よく知ってるだろ…？」

「ヤローのバイクに跨がって、遠くへ飛ぼうとしたじゃねーか」

「でも……しなかったよ？」

竜城に銃口を向けながらも、結局竜城を殺せなかった龍一郎と同じように。

「してないよ、龍。俺は…ここにいるよ？」

「…本当か？」

「不安にさせて、ごめん」

本心から、そう言えた。口先だけではないと、龍一郎はすぐに認めてくれた。見つめ合う互いの目は、もう、いつもの恋人同士の信頼を取り戻していた。

「俺以外を見ないと誓ってくれ、竜城」

刺青を背負った極道に犯されながら懇願されて、そのなんとも情けなくも愛しい光景を前に、竜城はしっかりと腹を括《くく》った。

「俺が見るのは、龍だけだよ」

いまなら銃を向けられても、次郎の言うように…ではないけれど、両腕を広げて彼を迎え入れ、昂ぶりを鎮めてやれる気がする。逆に、そうしてやりたいと思う。この男の激情を受け容れられる器は、竜城でしか有り得ないのだ。その意味が、ようやくわかった。

「ゼロか十か、決めたか？」

訊かれて竜城は首を横に振った。

「どっちも却下だ。こんな情けない男を残して、ひとりだけ自由になるのも気が重いし、先に死ぬのも心配だからね」

そう答えると、龍一郎が竜城の背中に両腕を回し、しっかりと抱きしめてくれた。熱い肌、強い筋肉。眼下には、青々とした鱗をびっしりと生やした昇竜の刺青。

間違いなく、竜城の愛する石神龍一郎だった。

「お前だけを逝《い》かせることはない。俺だけが逝くこともない。死ぬときは一緒だ、竜城」

「……一緒に行くよ。地獄まで」

次郎が岸谷の喉から匕首を降ろしたのを、竜城は視界の端で確認した。次郎はもうそれ以上、岸谷を脅すような真似はしなかった。ポンと肩を叩いて岸谷を促し、黙って部屋から出て行った。おそらく明日から、岸谷は安全に登校できる。

よかった…と心から安堵して、竜城は自分から脚を開き、龍一郎の首に両腕を巻きつけた。

「お帰り……龍」

「おう」

ただいま――優しい声で返してくれた龍一郎が、竜城の中に深々と埋もれた。

直後、激しく突き上げられ、竜城は仰け反って嬌声を放った。

フィニッシュは、口づけと同時だった。

上も下も封じられたまま、竜城は自分の肌を自身で濡らした。


これでようやく、マンションへ帰れると思ったのに。

ふたりきりでラブホテルに残された竜城と龍一郎は、このあと異様に燃え上がってしまった。

性欲の火種が燻《くすぶ》るどころか、ボゥボゥと音を立てて火柱を立て、部屋中に火の粉を撒き散らしているような有様だった。いろいろありすぎて神経がショートしてしまい、妙なスイッチが入ったらしい。

「も…っと、もっと舐めて、龍…っ」

「おお、溶けるまで舐めてやる」

「龍っ、龍のも……欲しい…っ」

舐めてくれるのか？　と興奮気味の声で訊かれて、しゃぶらせて…と恥じ入りながら体位を変えた。

今夜は龍一郎の股間に顔を埋めることも、まったく躊躇はない。それどころか、したくてしたくて…してあげたくてたまらないのだ。自分から体の向きを変え、龍一郎の股間をタオルで綺麗に拭いてやり、顔を伏せてしゃぶりつくと、このままイッてと懇願した。

上になったり下になったりしながら、竜城はかつて体験したことがないほどの解放感に、何度も歓喜を噴き上げた。

「終わりだとか殺せとか、そんな冗談を言って俺を困らせたのは、どっちの口だ？　こっちの口か？　え？」

オヤジ全開のセリフで嬉しそうに窪みを舌で突かれても、今夜は眉間にシワを寄せたりしない。龍一郎の先端に、何度もキスをしてやった。それだけで龍一郎は鼻の下を伸ばすだけ伸ばして、安心して未来への展望を思い描けるのだから、おやすいご用だ。

「俺の口、塞いでくれる…？」

ますます燃え上がらせるような声で龍一郎を誘い、自分から脚を開いてそこを捧げ、両腕で彼の頭を引き寄せて、「両方の口を同時に塞いで」と要求するだけの余裕もある。

彼に銃を向けられたら、竜城は堂々と両腕を広げ、昂ぶる彼の神経を鎮めるだろう。竜城によって弱さを知った男のために、さらに大きな器を身に備えよう。

なにがあっても惑わない、不屈の包容力と忍耐力を備えたパートナーになってみせよう。

「思う存分、犯して——…龍」

龍一郎の前に指を巻きつけて誘うと、「たまんねーな」と笑われた。

入ってくる。龍一郎が。凄《すさ》まじい力を漲《みなぎ》らせて。

「俺の命はお前のものだ、竜城」

「俺の命は…龍のものだよ」

互いなしでは生きられない理由は、そこにある。

「俺にはお前が必要だ、竜城。生きていこう――一緒に」

その声に、竜城はしっかりと頷いた。

そして龍一郎をしっかりと奥までホールドすると、竜城は自ら腰を動かし、彼に自分のすべてを捧げた。

◆◆◆

「それで、岸谷さんとはその後どうなったの？」

颯太にニヤニヤ笑われて、竜城は耳まで赤くしながらも律儀に答えた。話してやると言ったのは竜城なのだから、最後まで責任を持たなくては。

「翌週、学校で会ったよ。で、会うと同時に言われた」

「言われた？　なんて？」

「眼福《がんぷく》に預かりまして、ってさ」

ははははは！　と遠慮なく爆笑されて、竜城はムッと颯太を睨みつけた。だが、あのときの岸谷を思い出し、竜城は懐かしさに眼を細めた。

たとえ友人の資格を失っていても、謝罪だけはしたいと思い、竜城は覚悟の上で岸谷の登校を駐車場で待ち伏せていたのだ。

頭を下げて詫びる竜城に、岸谷は首を傾げたのだ。なぜ謝る？　と。

『本当にタチの悪いやくざなら、あの場で俺を刺している。こんな言い方をして気を悪くしないでほしいが、俺は極道のオンナに手を出したわけだ。向こうがキレる道理はわかる。どちらが悪かと問われれば、フィフティ・フィフティだと俺は思うぜ』

『フィフティ・フィフティって…』

そんな簡単に割り切れる話じゃないだろ？　と困惑する竜城に、意外にも岸谷は軽く肩を竦めて、こう言ったのだ。『祖父の背中には大蛇がいる』と。

目を丸くした竜城の頭に手を置いて、岸谷が唇の端を吊り上げた。

『刺青は虚栄《きょえい》と弱さの象徴だと、俺は祖父から聞いて育った。弱いからこそ強い影を被るのだ、と。俺は彼が刺青を見せたとき、じつは内心ガッカリしたんだ。俺を脅すつもりか、と。力を誇示すれば相手が黙ると思っている輩《やから》には、我慢できないタチなんでね。…だが、彼は違った。俺の祖父と同じで、自分がいかに弱いかを知っている男だった。彼は極道としてではなく男として、どんなにお前が必要かを、プライドを捨てて告白したんだ。俺とお前に、同時にな』

『岸谷……』

『まさに彼の言うとおり、百聞は一見にしかずだ。恋人の席は諦めるが、親友の座には居座らせてもらう。いいよな？』…そう言って、竜城の頭を撫でてくれたのだった。

「………いい人だね」

「ああ、いいヤツだ」

岸谷も、いまは夢が叶って実家の敷地にレストランを構えている。グルメガイドにもたびたび取り上げられていて、かなり繁盛していると聞く。

数年前に見た雑誌には、可愛らしい奥さんと赤ちゃんが一緒に写っていた。岸谷らしい穏やかな家庭を築いているのだろう。

「シーズンメニューの案内状が届いていたから、今度一緒に食べに行こうか？」

竜城の提案に、颯太が「行く！」と声を弾ませた。シーズンメニューよりも、どうやら岸谷に興味津々のようだったが。

「こりゃ贅沢な眺めだな」

突然の声に驚いて、竜城と颯太は同時にうしろを振り向いた……が、裏口からやってきた男の正体なら見なくてもわかる。龍一郎と次郎だ。

「ほろ酔い気分の美兄弟。目の保養だ」

言われて竜城は笑ってしまった。そちらもある意味、美兄弟と言えなくもない。「燻《いぶ》し銀」という枕 詞《まくらことば》をつければ、の話だが。

「もう何年も眺めている顔なのに、よく飽きずに毎回同じことを言えるよ」

「いつ見ても惚れ惚れするぜ、竜城」

はいはい、と竜城は笑って躱《かわ》した。いまだにそうやって愛情表現をしてくれるのは嬉しいけれど、弟の前ではもう少し遠慮をしてほしい。

颯太の顔色を覗うと、眉間にシワが刻まれていた。「じろちゃーん」と飛びついていたころの可愛らしさは、微塵もない。完全に恋人の不貞《ふてい》を咎《とが》める目つきだ。

「仕事終わったの？　龍」

「ああ。商談が早くまとまってな。また一棟ホテルが建つ。今度はシンガポールだ」

「へえ、すごいね。…ってことは、また海外出張？」

ネクタイを弛めながら、龍一郎が「いや」と言った。

「現地にはうちの社員が飛ぶ。俺は国内で金の工面だ。事業もずいぶん楽になった」

龍一郎が颯太の隣に腰を下ろした。颯太を挟んだ反対側には、もちろん次郎。平然と並ばれて、颯太の顔にはあからさまな不快が滲んでいる。

「密談トークのテーマはなんだ？　性の悩みか？　いくらでも相談に乗ってやるぞ」

「そういうオヤジくさいこと、息子の前でよく言えるよ」

颯太に一蹴されて、龍一郎が眉を跳ね上げ、竜城を見た。さすがのガディストン会長も、最愛の息子には勝てないようだ。だが、そんな微笑ましい親子の関係にバケツで豪快に水を差すのが、高科次郎という男。

「お前が気にしていることくらい知ってるぜ、颯太。俺のことなら安心しろ。どんなに外で突っ込んでも、決して擦《す》り減ることはない」

とたん、パーン！　と平手打ちの音が響いた。颯太の強烈な一発だ。

弟の激高を目の当たりにして、竜城は仰天してしまった。と同時に感動もした。自分の意見を口に出来なかった子が、こうも明確に意思表示できるようになったのだから。

引っぱたかれた次郎には気の毒だが、そこは自業自得だろう。同情の余地はまったくない。それに龍一郎だって頬杖を突いてニヤニヤ笑っている。だから、なんの心配もない。

「誰にでも突っ込むなんて、そんなの犬と変わらないッ！」

「それは犬に失礼だよなぁ」

龍一郎の相づちを無視して、颯太が次郎の胸ぐらを掴んだ。さらに罵倒を浴びせるのかと思いきや。

「……女とするの、そんなに気持ちいい？」

訊かれた次郎は黙っている。片や龍一郎はことの成り行きを面白がっている。弟の赤裸々なセリフを聞かされて、竜城は赤面するばかりだ。

「俺とでは、退屈？」

「……誰も、そんなこと言ってねぇだろ」

「言わないだけで、体はそう思ってるんだろ？　だから次郎は女を欠かさない。俺相手じゃ物足りないからだ」

「物足りないなんて言ってねーだろうが」

「そんなの、態度でわかるんだよ!!」

「わかってねぇよ、お前は。なんにもな」

「だったら、わからせてみろよ！　俺が竜城のこと……羨ましいなんて、そんなふうに妬《ねた》まないようにしてくれよ!!」

「え？」

颯太が吐き出したセリフに、竜城は目を丸くした。妬む？　と次郎も片方の眉を跳ね上げている。

「離れていても満たされているから、竜城はいつも穏やかなんだ。でもそれは、龍のお陰なんだよ。龍と竜城、ふたりで乗り越えたからなんだ。俺だって、多少のことには目を瞑《つむ》るよ。でも、俺ひとりじゃ努力にも限界がある。だから頼んでるんじゃないか！　龍と竜城が乗り越えたみたいに、俺も次郎と乗り越えたいんだ。女にだらしなくて自分勝手で人の意見に耳も貸さない、すぐ暴力にものを言わせるどうしようもない五十男に、少しは常識ってものと向き合う努力をしてほしいんだ！」

なんだそりゃ……と、次郎がぐったりしたような顔になった。龍一郎は笑いたいのを懸命に堪《こら》えている。竜城も決して噴き出さないよう、奥歯を噛みしめるのに必死だ。

だが、竜城たちの反応とは逆に、次郎の胸から顔を起こした颯太は、涙ぐんでいた。

「俺のこと、わかってないって突き放さないでよ。だったら、わかるまで話し合おうよ。仕事が忙しいのは知ってるよ。だから、毎日帰って来てなんて言わない。ただ、他の女のところで寝るくらいなら、うちに戻ってくれてもいいんじゃないかって、ただそれだけのことなんだ…」

言い終えた直後、ついに颯太の目からポロッと涙が零れ落ちた。気まずさを、二度目の平手打ちで誤魔化そうとしたのだろうか。だが颯太が振り上げた右手は、次郎によって寸止めされた。

「これだから、ガキはよ…」

掴んだ腕を胸元に引き寄せた次郎が、ついでに颯太の背に腕を回して抱え込む。

「ガキじゃない…っ」

次郎の広い胸に抱かれて、颯太がヒクッとしゃくり上げた。その背をトントンと叩いて、あのな…と次郎が観念したように天を仰いだ。

「勿体ねぇんだよ。俺には、お前が」

どういう意味…？　と颯太が鼻を啜って顔を起こす。

「男は…ほれ、入れたい出したいってのが本能だろ？　だが、性欲解消の目的でお前を抱くのは、どうも…違うんだ。それだけなら、女で済ませばコト足りる話じゃねーか」

そこが変だと言ってるのに！　と颯太が牙を剥《む》いた。竜城の髪も思わず逆立つ。

「変だと言われても、俺にはそいつが難しいんだ」

勿体なくて、軽々しく手を出せねぇ。そう付け加えて、次郎が目尻に皺を刻んだ。

颯太の二の腕を掴んでゴホンと咳払いし、スッと立ち上がる。

「なら…まぁ、久々に、するか」

「え？」

「帰るか、颯太。で、朝まで乳繰《ちちく》り合おう」

颯太が耳まで赤くなったのは、言うまでもない。その次郎の背を、龍一郎がポンと叩く。

「そういうことを露骨に言うから、五十を過ぎてもバカって罵《のの》しられるんだ」と竜城が言えば、「竜城に罵られたところで、痛くも痒くもねぇよ」とバカが嗤う。

次郎と竜城の関係は、何年経っても変化がない。

んじゃ行くわ、と颯太の肩を抱いて店を出て行きかけた次郎が、お、と足を止めて振り返った。

「そういや、咲子の出産予定は来月だったか？」

「あ、うん。よく覚えてたね」

それには龍一郎が笑みで答えた。

「強引に思い出させる野郎が、毎日そばにいるからな」

だね、と竜城はクスクス笑った。

「繁さんったら、うちでランチ食べてる間も上の空かと思うと、急にソワソワして、見ていてこっちが落ち着かないよ」

「それにしても、咲子の相手が繁とはな。美女と野獣とはこのことだ」

次郎の言葉に、竜城もにこやかに賛同した。ようやく表情の和《やわ》らいだ颯太を伴って、じゃあなと次郎が手を振り、出ていった。

繁と咲子、意外なカップルのなれそめは、オープン当初まで遡る。

颯太の学校の送迎で毎日のようにcaféうみのそこに顔を出していた繁は、当然ながら咲子とも面識があった。自分のような風体《ふうてい》の男が店に立ち入るのは良くないと、最初は遠慮して車の中で待機していた繁だったが、ずいぶん冷え込んだある日、咲子が「温かいゆず茶でもいいが？」と繁を店内に招いたのだ。

その優しさとほの甘いお茶の味に安らぎ、愛くるしい笑顔に和《なご》み、陽気さに惚れ、それでも繁はしばらく寡黙を貫いていた。

しかしそのとき咲子は咲子で「恐ろしい風体の大男」が、じつは誰よりも心優しく、懐《ふところ》深く、物静かでありながら、いざとなったら誰よりも頼りになる男だと見抜いて、好意を抱いたのだそうだ。

「繁ちゃんって、キングコングみたいで可愛いよね」と、咲子にしか理解できない価値観でもって、繁との距離を急速に縮めていった。

あのときばかりは竜城も冷や汗を掻いた。繁が市ノ瀬組の構成員であることや、できれば咲子には、普通の幸せを掴んでほしいと願っていることを就業後、毎日のように咲子に訴え、諦めさせるべく説得を試みた時期もあった。それが颯太に「咲子とデキている」と誤解され、一時は兄弟間に微妙な距離を感じたこともあった。

暴力団員と知りながら、咲子は繁との結婚を望んだ。両親には当然ながら反対され、結婚するなら親子の縁を切るとまで言い渡され、余計意固地になっていった。

八方塞がりの状況を変えてくれたのは、やはり石神龍一郎だった。

咲子のことを完全に「竜城の女」と誤解していた龍一郎は、咲子の相手が繁だとわかったとたん、しばらく放心したのち、身を折って爆笑した。だが直後に繁と咲子の手を取り、心から祝福してくれたのだ。

それだけではない。龍一郎は繁を……長きに渡り市ノ瀬組の相談役補佐を務めた大山繁《おおやましげ》雄《お》を退任させ、新たに株式会社ガディストン会長の専属ＳＰという肩書きを与えたのだった。

咲子の両親も、繁が大手企業に就職し、咲子が妊娠したとわかってから、少しずつだが連絡をとってくれるようになった。

なにより、先日咲子の母親が、咲子の弟と一緒にランチを食べに来てくれたのだ。

驚いた咲子は顔をくしゃくしゃにして泣いてしまい、せっかくの家族の来訪に手料理を振る舞うどころではなくなってしまったが。

「年の差婚ってよく聞くけど、繁さんも咲子のこと、可愛くて仕方ないだろうね」

「俺だって、お前が可愛くて仕方ねーよ」

と、カウンターに仲良く並んで座る真横から、顔を覗き込まれてウインクされた。

龍一郎の甘い言葉は何年経っても慣れなくて、どうもあちこちくすぐったい。

ん、と唇を要求されて、竜城は眉を下げて顎を引いた。それでもまだ待機しているから、とりあえずチュッと軽くキスしてやるのだ。それでもまだ顔を戻してくれない。仕方なく竜城は、小鳥のようにチュンチュンと弾むようなキスをサービスしてやった。

最高の男に出会えたと思う。

最高の人に愛され、最高の人を愛し、最高の人生に恵まれたと感謝している。

出会ったころより、目尻の皺が深くなった。ますます味わい深くなった愛する男の目を見つめて、竜城はそっと顔を寄せた。

「愛してるよ、龍一郎」

照れるでもなく、笑うでもなく、龍一郎は自然に唇を触れ合わせてくれた。何千回…いや、何万回となく重ねてきた唇は、これからも一緒に歳を重ねるにつれ、ますます味わい深いものになるだろう。

「これからもよろしくね、龍」

「こちらこそ。ゆっくり歳を重ねていこうぜ、ハニー」

「バカ…」

龍一郎の肩に頭を乗せたら、最高に優しいキスが降りてきた。


土の中から、小さな虫たちが這い出すように。

生まれたての日差しを受けて、大きく伸びをするように。

硬かった枝が、柔らかな若芽をつけるように。

竜城たちの人生も時間とともにゆっくり進み、それぞれの未来へ向かっている。

命が躍動する眩しい季節は、心を開けば——ほら。

この手の中に、あるのだから。

あとがき

二〇〇六年七月に「龍と竜」の初版が発行されてから「白露」、「銀の鱗」、「虹の鱗」と続き、五巻目となりました。なんとか辰年に幕を閉じることが出来、いまはただ安堵しております。

申し遅れました。綺月陣です、こんにちは。足かけ六年に及ぶ「龍と竜」シリーズに、ようやくエンドマークをつけることができました。これもひとえに、応援してくださった皆様のおかげです。ありがとうございました。

最終刊となる今回のタイトルは「啓蟄」。虫たちが穴を啓いて這い出てくる、新たな希望と未来を予感させる季節であると同時に、春雷や突風など、大気が不安定になる時期でもあります。龍一郎と竜城、次郎と颯太、それぞれに悩みや希望、不安や期待は抱えているでしょうけれど、藻掻きながらも未来を信じて、前に向かって生きてほしいとの思いを込めて執筆しました。

作中に登場する街並み、駅地下のメンチカツ、そして「まんまるカフェ」は、実在の場所をモデルにさせていただきました。…ごめんなさい、無断です。「まさか、ここは○○市では？」と目星をつけられた方も、決して「ここのメンチは高い！」とか、「まるヌーください」とか口にされませんように。まるヌーは売っておりませんゆえ。

まんまるカフェのダウンライト・ライヴで歌われる曲には、有名なゴスペル曲「I need You to survive」を紹介させていただきました。本文中では日本語とごちゃまぜの歌詞にしていますが、オリジナルは英語です。興味のある方は、ぜひ検索してみてください。

わけもなく寂しいとき、苦しさのあまり前へ進めなくなったとき。人肌が恋しくなったとき。人それぞれ、いろんな想いに苛まれているときに、そっと心に寄り添って、一緒に泣いてくれるであろう名曲です。


じつは「龍と竜」を、自分史上初の「最初から最後までBL」という意識で書きあげたら、あと一冊…他社から出していただいた文庫ですが、イタリアンのシェフとヘテロ攻めのお話を書き終えて、BL作家としての筆を折ろうと決めていました。

でも、折らなかった。そのあと六年も書き続けてしまった。その理由は、ただひとつ。龍と竜の第二弾を、担当様からご依頼いただいたからです。私以上に嬉しそうに声を弾ませてお電話をくださった担当様に、もう少しだけ恩返しをしたくなったからです。

このシリーズと平行して書いてきた他の作品たちは、相変わらず反省の色なしの真っ黒綺月で、私の中の悪いモノ（笑）を全部吐き出しておりますが、龍と竜シリーズだけは、夢いっぱいのBLというジャンルを貫こうと決めていました。その決心を最後まで保てたかどうかの判定は……ジャッジの皆様に委ねます。

小説を書き始めて、もう十七年です。デビューしてから十六年が経過しました。文章なんてまったく書いたことのなかった私が、よもやこんなにも長く小説とやらを書き続けられるなんて、夢にも思っていませんでした。人生ってホント、わかりません。

デビューして数年は湯水のように物語が湧いてきたのですが、それ以降は一作書き上げるたび、もうなにも浮かばない、もう二度と小説なんて書けないという、見えない恐怖に追われ続けました。毎回全部出し切って、口の中がカラカラに渇いて疲れ果てて、気持ちは完全にアスリートでした（笑）。百人の人生を、十何年もかけて生き抜いた気分です。

でも、キャラクターたちの人生を好き勝手に操作できる人生は、本当に楽しかった！　私を幸せにしてくれたのは、私の書く小説を読んでくださった読者様と、支えてくださった担当様、イラストレーター様、関係者の皆様です。本当にありがとうございました。

でも今作の執筆に際しましては、担当T様とイラストの亜樹良のりかず様に、多大なご迷惑をお掛けしてしまいました。本当に申し訳ございませんでした。

「死に水を取ってほしい」と担当T様にお願いし、この最終巻を書かせていただいたのですが……T様、ありがとうございました。お陰様で、贅沢極まりないBLライフの締めくくりとなりました。とても濃厚で深い年月を、思う存分、好き放題に暴れさせていただきました。心より感謝しております。もう、できることは全部やりました。

だから、そろそろ……お休みします。

小説書きというお仕事に戻るかどうかは、自分にもよくわかりません。六年も前から、関係者様には「引退する」と言い続けてきましたので、ここで辞めなきゃ狼少年もいいとこ（笑）なのですが、断言する必要なんてないかと、少しネジを弛めたところです。

でも、ひとまずサヨナラです。執筆したいと思う気持ちが、啓蟄に騒ぐ虫たちのように、またいつか顔を覗かせる日まで――――さようなら。

生きてきて、正解でした。生きなきゃ、わからないことばかりですよ。

綺月陣という変態物書きの世界で一緒に遊んでくれた皆様。ありがとう。大好きです。

これから先は別の人生をお散歩して、別の景色を見てきますね。

皆様も、どうかお元気で！

二〇一二年九月吉日

綺月陣　拝

THANK YOU VERY MUCH♥
綺月先生 お疲れ様でした!!
亜樹良のりかず

KAIOHSHA ガッシュ文庫

龍と竜～啓蟄～
（書き下ろし）

綺月 陣先生・亜樹良のりかず先生へのご感想・ファンレターは
〒102-8405 東京都千代田区一番町29-6
（株）海王社 ガッシュ文庫編集部気付でお送り下さい。

龍《りゅう》と竜《りゅう》～啓蟄《けいちつ》～
2012年11月10日初版第一刷発行

著　者　綺月　陣 [きづき じん]
発行人　角谷　治
発行所　株式会社 海王社
〒102-8405　東京都千代田区一番町29-6
TEL.03(3222)5119(編集部)
TEL.03(3222)3744(出版営業部)
www.kaiohsha.com
印　刷　図書印刷株式会社

ISBN978-4-7964-0369-6